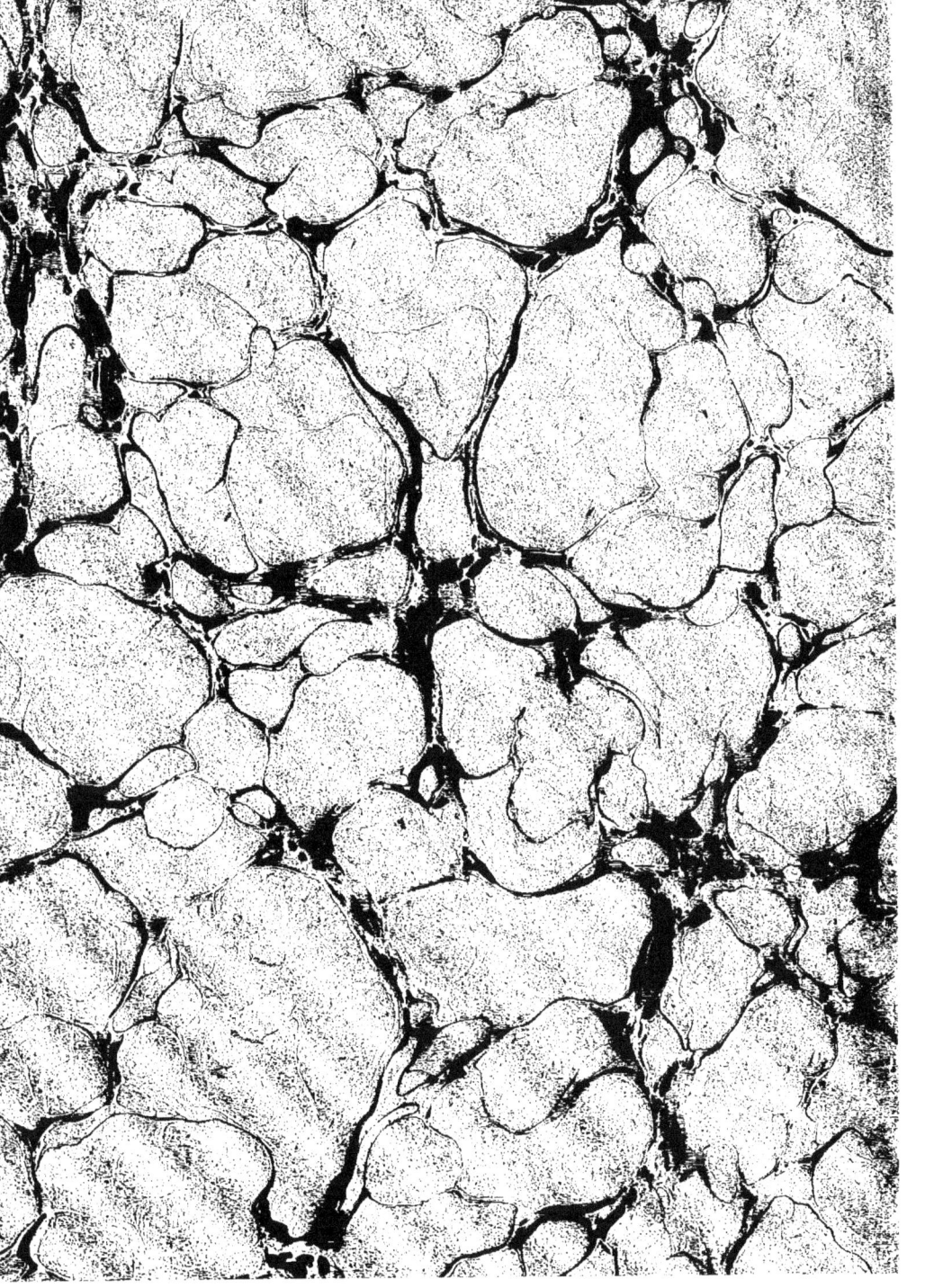

1894

1306

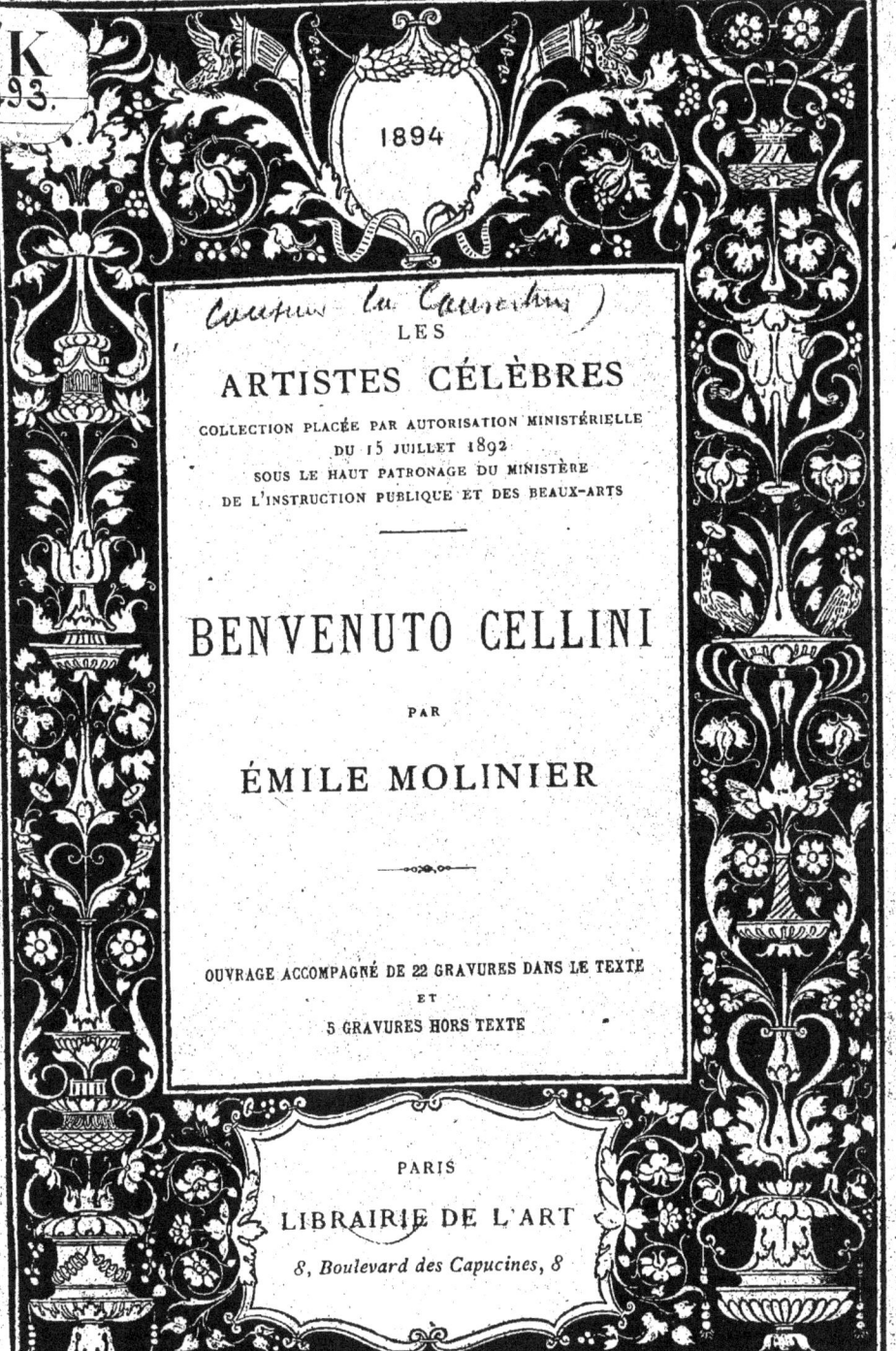

LES
ARTISTES CÉLÈBRES
COLLECTION PLACÉE PAR AUTORISATION MINISTÉRIELLE
DU 15 JUILLET 1892
SOUS LE HAUT PATRONAGE DU MINISTÈRE
DE L'INSTRUCTION PUBLIQUE ET DES BEAUX-ARTS

BENVENUTO CELLINI

PAR

ÉMILE MOLINIER

OUVRAGE ACCOMPAGNÉ DE 22 GRAVURES DANS LE TEXTE
ET
5 GRAVURES HORS TEXTE

PARIS
LIBRAIRIE DE L'ART
8, Boulevard des Capucines, 8

PORTRAIT DE BENVENUTO CELLINI.

Peinture sur porphyre provenant du cabinet Eugène Piot,
offerte au Musée de Cluny par Mme la marquise Arconati Visconti.

LES

ARTISTES CÉLÈBRES

COLLECTION PLACÉE PAR AUTORISATION MINISTÉRIELLE
DU 15 JUILLET 1892
SOUS LE HAUT PATRONAGE DU MINISTÈRE DE L'INSTRUCTION PUBLIQUE
ET DES BEAUX-ARTS

BENVENUTO CELLINI

PAR

ÉMILE MOLINIER

PARIS

LIBRAIRIE DE L'ART

8, BOULEVARD DES CAPUCINES, 8

(C.)

BENVENUTO CELLINI

AVANT-PROPOS

Il y a peut-être quelque témérité à tenter de raconter encore une fois la vie de Benvenuto Cellini. L'artiste lui-même nous a laissé une autobiographie pleine de vie et de saveur, écrite avec la passion qu'il mettait à toute chose, un document de premier ordre; un de nos contemporains, M. Eugène Plon, avec un talent et une patience dignes d'éloges, a de son côté reconstitué la vie de l'orfèvre florentin et n'a guère laissé à glaner après une moisson si consciencieuse. Peut-être cependant reste-t-il encore quelque chose à faire, et le sujet n'est-il pas tellement connu et tellement épuisé qu'il ne vaille la peine de l'exposer à nouveau.

En écrivant ses *Mémoires*, Cellini s'est rendu, aux yeux de la postérité, à la fois le plus grand et le plus déplorable des services : parmi ses lecteurs, les uns ont admis sans contrôle tout ce qu'il avançait; les autres, de naturel méfiant, ont parcouru son livre sans attacher grande importance à ses assertions et n'ont accepté que sous bénéfice d'inventaire ce qu'ils considéraient comme une sorte de longue gasconnade italienne. Il en est résulté que le monde des arts s'est trouvé divisé en deux camps : les admirateurs forcenés du maître florentin, qui ont pris à tâche de retrouver sa main partout et d'augmenter son bagage d'œuvres très disparates, souvent fort peu recommandables; les détracteurs qui ont fini par lui refuser presque tout talent et par réduire son patrimoine aux seuls monuments d'une authenticité indiscutable. L'enquête conduite par M. Eugène Plon a fait justice des uns et des autres en remettant toutes choses en place et en rendant à Benvenuto ce qui lui appartenait. Mais tout le monde ne peut pas prendre connaissance d'un dossier si volumineux, en extraire par la pensée les résultats et recomposer la figure de Benvenuto Cellini. Ce sont ces résultats que l'on voudrait ici faire connaître en peu de pages. Est-il besoin de dire que ce petit volume n'est ni un plaidoyer, ni un acte d'accusation ? A tout prendre, Cellini fut un véritable artiste et même, disons le mot, un grand artiste. Mais on ne saurait oublier qu'il vint à un moment où l'art italien avait, sous le rapport de la pureté du goût et du style, subi déjà plus d'une entorse, où la manière remplaçait trop souvent la grandeur, où il n'était pas toujours facile de se montrer original. Après plus d'un siècle d'éclatants succès, le patrimoine de la renaissance florentine, quand il ne tombait pas entre les mains d'individualités de génie, risquait fort de n'être plus soutenu que par des artistes d'une demi-valeur, des hommes de second plan, possédant la somme de talent qu'une étude attentive peut donner, mais incapables de diriger l'art dans une voie nouvelle. Cellini est de ceux-là ; et l'une des seules exagérations de ses écrits, c'est de s'être attribué le premier rang, rien ne prouve mieux cette hyperbole que l'existence d'une foule de monuments également parfaits — mais sans grand caractère — que le XVIe siècle nous a légués ; il est difficile de distinguer au milieu de ce chaos les œuvres que l'on doit attribuer au maître florentin. On ne parle ici bien entendu que d'attributions scrupuleusement raisonnées, les autres n'ayant que la valeur fort relative d'un baptême imposé après coup et presque toujours avec une étonnante sincérité par d'heureux collectionneurs de bibelots. Quant à s'imaginer que Cellini ne nous a raconté complaisamment qu'un tissu de fables, il n'y faut plus songer. Sur tous les points où la critique de son récit a pu être faite d'une façon sérieuse, la trame de ses *Mémoires* a résisté ; son livre subsiste comme l'un des plus beaux documents à consulter sur l'histoire des arts et des mœurs en Italie au XVIe siècle. Au surplus, si nous nous reportons à cette époque, il n'y a rien qui doive nous étonner outre mesure ; en des temps bien plus proches de nous l'Italie et — le dirai-je — plus d'un des pays voisins, nous offrent maints traits du parfait sans-gêne avec lequel on réglait certaines questions ; et c'est un travers fort commun chez nous autres modernes de vouloir tout ramener à notre taille et juger les hommes d'autrefois avec nos idées, peut-être plus conformes à une morale épurée, mais souvent bien étroites. C'est de la sorte que nous sommes, d'une façon toute rétrospective, amenés à voir des opprimés et presque des martyrs dans des personnages qui furent simplement des joueurs malheureux, mais ne valaient pas mieux que ceux que la fortune a favorisés. Efforçons-nous donc, en étudiant ces époques, de ne point faire montre de sentiments qui eussent été déplacés dans une société où l'individualisme, avec tous ses défauts et tous ses indiscutables avantages, était poussé à l'excès. Pour ma part, je ne saurais reprocher à Benvenuto ses procédés un peu sauvages, ni lui faire un crime d'avoir traité ses ennemis comme ils eussent désiré le traiter lui-même; le courage et peut-être aussi les muscles leur ont manqué pour mettre à exécution leurs desseins, mais c'est tout. Je n'oserais en faire de petits martyrs parce qu'ils ont été vaincus. Ils n'étaient ni meilleurs ni pires que lui, mais ils avaient peut-être moins de talent. C'est tout ce que l'impartiale histoire permet de constater. Et d'ailleurs, au fond, valons-nous mieux qu'eux? Si l'on grattait une couche, souvent fort épaisse, composée d'hypocrisie, on retrouverait vite chez nos contemporains, en apparence si policés, l'homme, c'est-à-dire l'animal le plus méchant de la création.

CHAPITRE PREMIER

Naissance de Cellini. — Horreur du jeune homme pour la musique. — Apprentissage
chez les orfèvres. — Premiers voyages.

Cellini s'est considéré toute sa vie comme une sorte de demi-dieu, et
comme il n'est point de demi-dieu dont la naissance et la jeunesse ne
soient plus ou moins accompagnées de prodiges, l'artiste florentin nous
raconte aussi ceux qui se rattachent à ses origines. D'une famille toscane de condition moyenne établie depuis deux générations à Florence,
il n'a pas su résister à un amour immodéré du panache et raconte à
propos d'un prétendu ancêtre, qui aurait été lieutenant de César, de vrais
contes de nourrice ; mais peu importe ; cette naïveté, qui est de tous les
temps, n'est pas faite pour déplaire ; et quand Cellini parle de son père,
architecte et musicien — la musique et l'architecture, au témoignage de
Vitruve, sont faites pour s'entendre — il rentre dans l'histoire vraie.
Lorsqu'il naquit, le lendemain de la Toussaint de l'an 1500, son père,
qui s'attendait à voir sa femme accoucher d'une fille, fut au comble de
la joie en s'apercevant que les matrones s'étaient trompées dans leurs
prévisions. Sa seule réponse aux sages-femmes qui lui montrèrent un
gros garçon fut : « Qu'il soit le bienvenu ! » Et ce fut sous le nom de
Benvenuto (Bienvenu) qu'il fut baptisé.

A l'âge de trois ans, sauvé miraculeusement par son grand-père, un
vieillard plus que centenaire, de la morsure d'un gros scorpion qu'il
avait pris pour une écrevisse, il fut déjà considéré comme un heureux
de ce monde, comme un être qui triompherait de tous ses ennemis et
ferait son chemin. Ce fut bien mieux encore quand un beau jour son
père lui fit voir dans le feu une jolie salamandre s'ébattant au milieu des
flammes , « un animal qu'aucune personne connue n'a jamais vu » ; du
coup, le papa fut si ému et si content de ce prodige de bon augure qu'il

en grava le souvenir dans l'esprit de son fils à l'aide d'un gigantesque
soufflet : moyen énergique et simple de rafraîchir les mémoires pares-
seuses, efficace aussi puisque Benvenuto n'oublia de sa vie ni la salamandre, ni cette paternelle attention.

La musique, que son père lui enseignait sous les espèces de la flûte,
ne trouva chez le jeune Benvenuto qu'un disciple fort tiède; mais l'entêtement paternel le poussa pendant plusieurs années dans une voie pour
laquelle il n'avait guère de vocation. L'enfant se sentait plutôt porté vers
le dessin et les arts plastiques que pratiquait aussi son père, habile
luthier, sculpteur sur ivoire, parfois même ingénieur, mais par-dessus
tout passionné joueur de fifre. Ce ne fut que vers le temps de l'élection
de Léon X au pontificat, c'est-à-dire vers 1513, que Benvenuto put enfin
suivre un peu librement ses goûts.

Alors commença pour lui un apprentissage qui fut celui de tous ou
de presque tous les grands artistes florentins. C'était dans la boutique
des orfèvres que s'étaient formés les sculpteurs et les peintres; c'était là
qu'ils avaient appris le dessin, la composition, la peinture, et, à l'époque
où débuta Benvenuto, ces bonnes traditions de saine et robuste éducation
artistique n'étaient pas encore perdues. Il ne fit que passer chez l'orfèvre
Michel-Ange Bandinelli pour fréquenter ensuite la boutique d'Antonio
di Sandro dit Marcone. C'était encore un enfant; et cependant déjà se
dessinait cette humeur vagabonde, ce caractère mobile et changeant
qui devait être un des traits les plus frappants de son caractère. Il a à
peine seize ans et déjà son frère et lui ont dans les rues de Florence de
sanglants démêlés qui les font exiler pour quelques mois; il va à Sienne,
puis à Bologne; de retour à Florence, il se dispute avec son frère et son
père à propos d'un pourpoint et fait une nouvelle fugue à Pise où les
sarcophages du Campo-Santo provoquent son enthousiasme; il passe à
les copier toutes les journées que lui laissent libres les quelques travaux
qu'il exécute chez un orfèvre où il est entré comme ouvrier.

Son père le pressait en vain de revenir à Florence, lui écrivant sans
cesse que tout était oublié et qu'il serait trop heureux s'il voulait se
remettre à étudier la musique. Mais décidément le jeune homme n'avait
aucun goût pour cet art; ce ne fut qu'au bout d'une année, et encore
peut-être parce qu'il se sentait gravement malade, que Benvenuto se
décida à regagner Florence et le domicile paternel. Et pour faire plaisir
à sa famille, cet entêté consentit à jouer de la flûte : exemple touchant

de piété filiale envers un père qui paraît avoir été un maniaque peu clairvoyant.

Revenu chez Marcone l'orfèvre, un instant il eut l'idée de suivre à l'étranger le sculpteur Pietro Torrigiani, artiste de talent, mais batailleur et querelleur à l'excès, dont les manières brusques auraient dû séduire Benvenuto. Mais qui l'eût cru : ce fut précisément un trait de brutalité de Torrigiani, trait dont Benvenuto aurait été capable et se fût sans doute enorgueilli peu d'années plus tard, qui le détourna d'accepter ces propositions : quand il apprit que c'était ce même Torrigiani qui avait appliqué ce formidable coup de poing dont le nez de Michel-Ange garda les traces toute sa vie, il fut pris d'horreur pour un homme qui avait osé porter la main sur l'auteur de la *Guerre de Pise*, ce carton qu'il admirait au Palais Vieux de Florence et dont il copiait avec passion certaines parties. Son admiration pour Michel-Ange s'en accrut d'autant et cette admiration sincère il la conserva toute sa vie. N'aurions-nous pas sur ce point son propre aveu, qui n'est point suspect, que quelques parties des œuvres de Benvenuto suffiraient à prouver l'influence que le grand maître florentin exerça sur son contemporain. M. Plon a remarqué que selon toute probabilité cette admiration pour Michel-Ange fut encore la cause de la haine implacable que Cellini manifesta contre un autre artiste, qui fut souvent son rival, Baccio Bandinelli, qui serait l'auteur de la destruction du fameux carton de la *Guerre de Pise*. Avec un caractère tel que celui de Benvenuto, de semblables haines ne devaient se terminer qu'au tombeau.

Benvenuto, tout en étudiant les maîtres, en dessinant, en faisant de menus ouvrages d'orfèvrerie, tels, par exemple, qu'une agrafe de ceinture en argent qu'il exécuta dans la boutique de l'orfèvre Salimbene, continuait à vivre en assez mauvaise intelligence avec les siens qui, décidément, ne le comprenaient pas du tout; tant et si bien qu'un beau jour il prit la clef des champs, en compagnie d'un jeune sculpteur sur bois, et partit pour Rome où il arriva léger d'argent, mais plein de confiance en sa bonne étoile. Il avait dix-neuf ans.

CHAPITRE II

Le premier séjour de Benvenuto à Rome dura deux années : successivement employé par un orfèvre romain, Firenzuola, chez lequel il fit un coffret d'argent destiné à un cardinal, et chez un orfèvre milanais, Pagolo Arsago, il ne semble pas s'être autrement intéressé aux monuments antiques qui avaient avant lui inspiré tant d'artistes de la Renaissance. Sauf quelques querelles, sa vie pendant ces deux années fut passablement monotone. Bien qu'il fût assez considéré, il ne perçait pas et n'occupait point la place à laquelle il se croyait en droit de prétendre. Au bout de deux ans il revint à Florence et se remit à travailler dans la boutique de Salimbene, chez lequel, dit-il, il fit de gros bénéfices. Il est à présumer qu'il fût encore demeuré de longues années dans sa patrie, peut-être toujours, si une malheureuse affaire avec deux orfèvres, Salvatore et Michele Guasconti, affaire dans laquelle du reste il n'y eut ni morts ni blessés, ne l'eût forcé à quitter de nouveau précipitamment Florence. Cette fois le tribunal des Huit, auquel on avait porté plainte, entrait en scène : condamné à une légère amende, il aggrava le jour même son cas et encourut le bannissement. Armé d'une bonne épée et vêtu d'une solide cotte de mailles, notre artiste jugea prudent de prendre le large et l'année 1523 le retrouva à Rome où la fortune allait enfin lui sourire davantage. C'est là qu'il allait mettre son talent en lumière et se préparer aux grands travaux qu'il devait plus tard exécuter en France et en Italie.

Bien que le séjour de Cellini à Rome ait été de longue durée, et que, dans les *Mémoires* pour cette période, il mentionne une quantité de travaux exécutés par lui pour les papes, des cardinaux ou de grands

personnages, il nous reste aujourd'hui si peu de ces monuments que ce
n'est point d'après eux que nous pouvons juger le talent de l'artiste. En
revanche le rôle qu'il a joué auprès des papes et surtout de Clément VII
(Jules de Médicis) qui venait d'être élu lorsqu'il entra à Rome, font de cette
partie de sa vie l'une des plus intéressantes au point de vue pittoresque.
C'est là surtout que nous apprenons à connaître dans tous ses détails
le caractère de Benvenuto, mélange étonnant de sauvagerie, de cruauté et
de bonté; car, on ne saurait le nier, il aimait aussi à ses heures à faire le
bien et à rendre service. Mais malheur à qui avait la malchance de lui
déplaire ou de le contrecarrer! Celui-ci n'avait qu'à s'enquérir au plus
tôt d'un confesseur, car Benvenuto aimait à régler ses comptes avec
l'exactitude d'un véritable spadassin.

Dès son arrivée à Rome, Benvenuto travaille dans la boutique de
Luca Agnolo de Jesi : il y fait, sur les dessins de Gianfrancesco Penni, dit
le Fattore, deux flambeaux d'argent pour l'évêque de Salamanque, Don
Francisco Cabrera y Bobadilla, et y monte divers bijoux. Puis, toujours
querelleur, il quitte Luca Agnolo pour Giovanpiero della Tacca. A vrai
dire, en cette querelle, Cellini avait raison : Luca Agnolo, son patron, se
montrait fort jaloux parce qu'il gagnait moins à faire sa grosse orfèvrerie
pour le pape que son élève à monter des bijoux pour la belle Porzia
Chigi qui, probablement séduite par la noble tournure du Florentin, le
récompensa royalement : il s'agissait d'un lis orné de diamants dont toute
la monture avait été finement ciselée de mascarons et de figures d'enfants
rehaussées d'émail; mais franchement il n'y avait pas de quoi se fâcher
et Agnolo devait être doté, lui aussi, d'un fort mauvais caractère. Mais
cependant Cellini aurait dû lui avoir quelque reconnaissance de son
incartade, car du coup, voyant qu'il était enfin assez connu pour se tirer
d'affaire tout seul, il ouvrit boutique et dès lors travailla à son compte.

Il était écrit que l'art musical, qu'il abhorrait, aurait une influence
sur la destinée de Cellini. Nous le voyons d'abord se remettre à jouer
de la flûte pour plaire à la belle Faustina, la sœur de Paolino, son
apprenti; puis, un beau jour, Gian Jacomo de Cesena le fait prier de
venir jouer parmi les musiciens du pape, et le pape, se souvenant de son
père Giovanni qu'il a vu à Florence autrefois, reçoit avec bienveillance
Benvenuto qui dès lors fait partie de la chapelle papale. C'est là la
véritable origine de la fortune de Cellini et la flûte joue dès lors, dans
son existence, le rôle d'une baguette magique. Non seulement il est

musicien du pape, mais encore on lui commande des pièces d'orfèvrerie; il reçoit des commandes des cardinaux ou de l'évêque de Salamanque; et un grand vase d'argent qu'il exécute pour ce dernier le réconcilie avec Luca Agnolo, mais lui cause par la suite mille désagréments avec le prélat espagnol, fort mauvais payeur et entouré d'une bande de gentils-hommes plus désagréables les uns que les autres, mais aussi peu braves que Cellini se montre entêté et hardi. Entre temps notre artiste fait des sceaux de cardinaux, — nous y reviendrons bientôt. — s'essaye à graver des médailles, fait une enseigne représentant Léda ou se perfectionne dans l'art de l'émaillerie ; il ne perd point son temps, se met même à la recherche des antiques et surtout des pierres gravées, se bat et ferraille avec des soldats ivres, fait des vases d'argent pour un certain médecin spécialiste qui les fait ensuite passer pour antiques; puis il a la peste et, revenu à la santé, mène une vie plus que joyeuse en compagnie de Jules Romain, du Bacchiacca et d'une foule d'autres artistes qui célèbrent à leur manière l'heureuse cessation du fléau. Il faut lire dans les *Mémoires* ce chapitre qu'il serait difficile de citer en entier, car il nous ouvre des horizons tout à fait particuliers sur les mœurs de notre orfèvre et peut justifier l'exécrable réputation dont les Florentins ont joui au xvie siècle ; mais c'est une peinture de mœurs achevée, vivement enlevée et dont plus d'un écrivain de profession pourrait être fier.

Cette partie de la vie de Cellini est un véritable roman de cape et d'épée, mais en somme un roman des plus gais où l'on s'injurie beau-coup, où l'on se fait des farces fort grosses, mais où l'on ne se fait guère de mal. Bientôt la scène va changer : Cellini, fifre et orfèvre du pape, va se transformer en artilleur et, avec une ardeur à nulle autre pareille, fera le coup de feu contre les bandes du connétable de Bourbon et défendra le château Saint-Ange.

L'année 1527 fut particulièrement néfaste pour le Saint-Siège. Clément VII, ne sachant trop où donner de la tête en face de l'effroyable désordre qui régnait en Italie, pour mettre Rome à l'abri d'un coup de main avait enrôlé un certain nombre de bandes que lui avait envoyées Jean de Médicis. Mal lui en prit ; au bout de peu de temps il fallut licen-cier tous ces pillards qui traitaient la ville éternelle en pays conquis, mais en cherchant à éviter un mal on tomba dans un mal plus grand encore. Dès que le connétable de Bourbon, qui tenait la campagne avec des Lombards et des Allemands ramassés un peu partout, peu riches

de morale, comme leur chef, et encore plus dépourvus de religion, apprit
que Rome était sans défenseurs, l'idée lui vint d'aller rendre visite au
pape. A cette nouvelle, rapporte Cellini, tous les habitants prirent les
armes ; notre orfèvre fit comme les autres, bien décidé à se défendre de
son mieux contre les affreux gredins qui venaient faire leurs dévotions
« aux seuils des apôtres », ainsi qu'on disait alors. Mais laissons Benvenuto raconter lui-même ses prouesses pendant le siège de Rome et se
vanter d'un haut fait qui peut bien être vrai, et qui n'a pas eu l'heur, je
ne sais pourquoi, de trouver beaucoup de créance chez les historiens [1].

« L'armée de Bourbon étant arrivée sous les murs de Rome, Alessandro del Bene m'invita à l'accompagner pour aller examiner l'ennemi.
Nous prîmes avec nous un de nos plus solides camarades et nous ren-
contrâmes en chemin un jeune homme nommé Cecchino della Casa,
lequel se joignit à nous. Nous nous dirigeâmes vers les murailles du
Campo Santo, et de là nous vîmes cette terrible armée qui s'efforçait de
pénétrer dans la ville. A l'endroit où nous nous trouvions, les assiégeants
avaient déjà tué plusieurs jeunes gens ; on se battait avec un acharnement
extrême : nous étions enveloppés d'un nuage d'une épaisseur inimagi-
nable. Je me tournai vers Alessandro et je lui dis : « Retirons-nous le
« plus promptement possible, car ici la position n'est plus tenable :
« voyez, l'ennemi escalade les murs et les nôtres s'enfuient. » Alessandro
épouvanté s'écria : « Plût à Dieu que nous ne fussions point venus ! » et
il allait partir à toutes jambes, lorsque je lui dis : « Puisque vous m'avez
« amené ici, il faut faire quelque action digne d'un homme. » Aussitôt
je dirigeai mon arquebuse vers le groupe de combattants qui me parut
le plus nombreux et le plus serré, et je visai un personnage qui domi-
nait tous les autres. Il y avait un nuage de poussière si épais que je ne
pus distinguer s'il était à cheval ou à pied. Je dis ensuite à Alessandro et
à Cecchi de faire feu, et je les postai de manière à esquiver les balles des
assiégeants. Lorsque chacun de nous eut tiré deux fois, je m'approchai
de la muraille avec précaution, et je vis qu'il régnait une confusion
extraordinaire, occasionnée par une de nos arquebuses qui avait tué le
connétable de Bourbon. Comme on le sut plus tard, il n'était autre que
ce personnage que j'avais aperçu dominant ceux qui l'entouraient. Nous

---

1. La traduction du passage suivant des *Mémoires* est empruntée à la traduction
de Léopold Leclanché, ainsi que tous les autres passages de Cellini cités dans cet
ouvrage.

battîmes en retraite en traversant le Campo Santo, puis nous entrâmes par San Pietro, et nous sortîmes derrière l'église de Santo Agnolo. Enfin, nous arrivâmes à la porte du château, non sans d'énormes difficultés, car le signor Rienzo de Ceri et le signor Orazio Baglioni blessaient et tuaient tous ceux qui abandonnaient la défense des murailles. Lorsque nous fûmes près de la porte, une partie des assiégeants avait déjà envahi la ville et se trouvait sur nos talons. Le gouverneur du château ordonna de baisser la herse, mais nous eûmes le temps d'entrer. »

J'avoue que, pour ma part, je ne vois aucune raison sérieuse de révoquer en doute le témoignage de Cellini ; tous les documents attestent qu'il prit une part active au siège de Rome et à la défense du Château Saint-Ange, dernier refuge du pape contre les bandes de Bourbon. Pourquoi n'aurait-il pas eu le bonheur de tuer le connétable ? tout le monde refuse d'y croire comme si c'était un honneur si considérable d'avoir débarrassé le monde d'un aussi fieffé scélérat, que franchement on ne saurait l'accorder à un simple orfèvre. Comme nous ne saurons jamais l'exacte vérité sur ce point, m'est avis qu'il est bien inutile d'engager une discussion sur un fait qui, au demeurant, n'a rien de commun avec l'histoire des arts. Toutefois remarquons, ainsi que l'a très justement mis en lumière M. Plon, d'après les documents si curieux publiés par M. Bertolotti, que, sur tous les points où les comptes de la trésorerie pontificale ont permis de contrôler les assertions de Cellini, ces documents se sont trouvés concorder parfaitement avec les *Mémoires*. En saine critique, il me semble que la preuve est suffisamment faite, et que leur authenticité, leur exactitude ne sauraient être mises en doute ; ce n'est point du roman, c'est de l'histoire écrite par un témoin oculaire, bien renseigné, qui a beaucoup vu lui-même, beaucoup retenu, et qui n'était point si Gascon que quelques-uns l'ont prétendu.

Je ne referai pas, après M. Plon, une comparaison minutieuse entre les comptes et les *Mémoires ;* il me suffira de rappeler que les person-nages, chefs de bandes, artilleurs ou autres, que nomme Benvenuto, figurent dans les comptes. Tout son récit de la défense du Château Saint-Ange est donc un document de premier ordre, auquel on me permettra d'emprunter le passage suivant : il peint bien quel était l'esprit de ceux qui s'étaient chargés de la défense de Clément VII ; ils auraient volontiers envoyé le pape à tous les diables s'ils n'avaient jugé que la prudence et leurs intérêts ne leur commandaient de défendre le Saint-Siège :

« J'avais encore souvent autour de moi le signor Orazio Baglioni, qui me voulait beaucoup de bien. Un jour que nous causions ensemble, son attention fut attirée par une hôtellerie située hors de la porte du Château, dans un endroit appelé Baccanello. Cette hôtellerie avait pour enseigne un soleil rouge, peint entre deux fenêtres, lesquelles se trouvaient alors fermées. Le signor Orazio, ayant remarqué cette dernière particularité, présuma qu'entre les deux fenêtres, précisément derrière le soleil, il y avait une table de militaires faisant ripaille : « Benvenuto, me dit-il, si tu étais « capable d'envoyer avec ton demi-canon un boulet à une brasse de ce « soleil, je crois que tu ferais une bonne besogne ; car il vient de là un « grand bruit qui annonce des personnages de haute importance. » — « Je m'engagerais bien, lui répondis-je, à frapper au beau milieu de ce « soleil, mais voici, près de la bouche de mon canon, un gabion rempli « de pierres, que la force de l'explosion et l'ébranlement de l'air ne man- « queraient pas de jeter à terre. » — « Ne perds pas de temps, Benve- « nuto, me répliqua le signor Orazio ; d'abord, ce gabion est placé de « façon à ne pouvoir tomber ; et ensuite, lors même qu'il tomberait et « que le pape serait dessous, il y aurait moins de mal que tu ne penses : « ainsi donc, feu ! feu ! » — Moi, sans réfléchir davantage, je touchai, selon ma promesse, au centre du soleil. Le gabion, comme je l'avais annoncé, tomba, et précisément entre le cardinal Farnèse et messer Jacopo Salviati. S'il ne les écrasa pas tous deux, c'est qu'ils venaient de s'éloigner un peu l'un de l'autre en se disant des injures, parce que le cardinal Farnèse avait accusé messer Jacopo d'être la cause du sac de Rome. Aux cris qui s'élevèrent de la cour qui se trouvait au-dessous de nous, le signor Orazio descendit en toute hâte. Quant à moi, m'étant avancé pour voir ce qui se passait, j'entendis dire que l'on ferait bien de tuer le bombardier. Je me tins pour averti, et je braquai au sommet de l'escalier deux fauconneaux, déterminé à mettre le feu à l'un des deux si l'on se hasardait à monter. Le cardinal Farnèse ordonna probablement à ses gens de me faire un mauvais parti. Je les attendis la mèche à la main. Ayant reconnu quelques-uns d'entre eux, je leur criai : « Vils « sacripants, si vous ne décampez à l'instant, et si l'un de vous ose mettre « le pied sur cet escalier, j'ai là deux fauconneaux qui vous pulvériseront. « Allez dire au cardinal que j'ai obéi à mes chefs, et que nous travaillons « à défendre vos prêtres et non à leur faire du mal. » — A peine se furent-ils retirés que le signor Orazio Baglioni arriva en courant. Je lui

criai de ne point avancer, sinon que je le tuerais, attendu que je savais
très bien qui il était. Il n'osa bouger, et ce fut non sans éprouver quelque
crainte qu'il me dit : « Benvenuto, je suis ton ami. » — « Signor, répon-
« dis-je, montez seul, et venez comme il vous plaira. » Ce gentilhomme,
dont la fierté était extrême, s'arrêta un instant et me dit d'un air mécontent : « Je suis bien tenté de ne pas monter et d'exécuter précisément le
« contraire de ce que j'avais envie de faire pour toi. » — A cela je ripostai
que si l'on m'avait jugé apte à défendre les autres, je n'étais pas moins
capable de me défendre moi-même. Il me dit alors qu'il se présenterait
seul. Lorsqu'il fut monté, il avait le visage si bouleversé, que je portai la
main à mon épée, en le regardant de travers. Bientôt il se dérida, et me
dit gracieusement : « Benvenuto mio, je te veux tout le bien imaginable,
« et je te le prouverai en temps et lieu. Plût à Dieu que tu eusses tué ces
« deux ribauds, car l'un est cause de nos malheurs, et l'autre nous atti-
« rera peut-être pis ! » — Il me recommanda ensuite, si l'on m'interro-
geait, de nier qu'il eût été présent lorsque j'avais fait feu, et il ajouta
que, du reste, je n'avais rien à redouter. La rumeur fut grande et dura
longtemps, mais je ne veux pas parler davantage de cette affaire. »

Telle est la vie que menait Cellini au château Saint-Ange, encouragé
et chéri du pape et, comme de juste, honni des cardinaux qui avaient
toujours la crainte que ce diable d'homme ne leur jouât quelque tour de
sa façon ; un jour il blessait d'un coup de canon chargé à mitraille le
prince d'Orange qui visitait une tranchée ; un autre jour il était chargé
par Sa Sainteté de fondre les tiares et les joyaux du Trésor pontifical,
après en avoir détaché les pierreries qui furent soigneusement cousues
dans les doublures des vêtements de Clément VII et de son favori, un
certain Cavalierino, aventurier de profession, Français de nation et jadis
palefrenier de Filippo Strozzi. Les misères de la guerre rapprochaient les
distances et peu à peu Benvenuto s'insinuait dans les bonnes grâces du
pape qui ne savait auquel entendre au milieu de ses cardinaux, tous d'un
avis différent et tirant chacun la couverture à soi.

Enfin la paix se fit et le fort Saint-Ange capitula. Benvenuto s'en alla
à Pérouse rejoindre Baglioni et les débris des troupes papales. Un
instant il eut l'idée de continuer le métier de soldat qu'il avait embrassé
par force ; mais rentré à Florence avec le titre de capitaine, son père lui
donna l'excellent conseil de laisser de côté tout ce triste monde et de se
remettre à pratiquer son art. Ce fut cet avis qu'il suivit ; autant pour

éviter la peste qui sévissait à Florence que pour rompre définitivement avec ses compagnons d'armes improvisés, il se dirigea vers Mantoue.

A Mantoue, Cellini se trouva en pays de connaissance. Jules Romain y faisait la pluie et le beau temps chez le marquis Frédéric de Gonzague ; il se mit à travailler chez un orfèvre, nommé Niccolò, et fut chargé de composer un reliquaire pour la fameuse relique du Saint Sang apportée à Mantoue par Longin, dit la légende. M. Plon a, dans son bel ouvrage, discuté la question de savoir si nous possédions encore quelques traces du reliquaire dessiné par Benvenuto, mais que son séjour fort court à Mantoue — il n'y resta que quatre mois et y souffrit de la fièvre — ne lui permit sans doute pas d'exécuter en entier. La question, d'après les documents qu'il a rassemblés lui-même avec une patience au-dessus de tout éloge, ne me paraît guère douteuse : nous ne possédons plus le reliquaire, volé en 1848 par les soldats autrichiens, mais un surmoulé en bronze exécuté au commencement de ce siècle et un dessin ancien qui pourrait bien être de la main de Cellini, absolument conforme au surmoulé en bronze. Ce monument offre le nom d'Isabelle d'Este, marquise de Mantoue, mère de Frédéric, la date 1529 et un monogramme B C, dans lequel il est bien difficile de ne pas reconnaître la signature de notre orfèvre. Sans doute ce reliquaire ne porte à son couronnement qu'une simple croix au lieu de la figurine du Christ dont Cellini exécuta, dit-il, le modèle en cire ; mais le texte des *Mémoires* permet de tout concilier : « Je commençai par dessiner un reliquaire propre à contenir l'ampoule ; puis j'exécutai en cire un petit modèle représentant le Christ, assis, tenant de la main gauche sa croix sur laquelle il semblait s'appuyer et entr'ouvrant, de la main droite, la plaie de sa poitrine. » Cellini aura fait le dessin de la monstrance, suffisant de taille pour montrer le galbe et la disposition de la pièce ; quant au groupe destiné à le surmonter, il aura jugé inutile de le dessiner dans de si petites dimensions et se sera contenté de le modeler. Pour ce qui est de l'exécution du monument lui-même, il est possible qu'elle n'ait été que commencée par lui, puis terminée par le Milanais Niccolò ; ainsi s'expliquerait la date de 1529 inscrite sur le reliquaire. Au mois de juin de cette année, Cellini était rentré à Rome, peut-être même depuis quelque temps.

Si j'insiste sur ce monument malgré son mince intérêt artistique, c'est qu'en somme ce serait à peu près le plus ancien en date des travaux subsistants de l'artiste, le premier, à coup sûr, permettant de juger de son style et de son talent. La chose a donc son importance. A vrai dire, l'absence de figures dans cette pièce d'orfèvrerie ne permet pas d'asseoir son jugement. Sur une base à six pans supportés par des aigles, allusion aux armes des Gonzague, se dresse une tige courte en forme de balustre

SCEAU D'HIPPOLYTE D'ESTE, CARDINAL DE FERRARE,
par Benvenuto Cellini.
Plomb. (Musée de Lyon.)

supportant une sorte de fond de coupe décoré de godrons. Sur cette coupe est établi un cylindre de cristal que surmonte une coupole décorée de coquilles et sommée d'une croix. C'est un monument dépourvu d'originalité et dont la formule se retrouve dans beaucoup de monstrances de fabrication italienne de la fin du xve et du commencement du xvie siècle. J'ajouterai que la figure du Christ, qui devait tenir la place de la croix,

devait être de dimensions très exiguës, sans quoi elle n'eût pas été à
l'échelle du monument tout entier. Je ne ferai pas à Cellini l'injure de
penser qu'il eût eu un instant l'idée de surmonter un reliquaire de ce
genre d'une statuette disproportionnée. Je le répète, je ne vois aucune raison plausible d'attribuer le dessin du reliquaire du *Preciosissimo* à un
autre qu'à Cellini.

Mais un autre ouvrage exécuté par notre orfèvre à Mantoue va me
permettre de constater d'une façon plus sûre le style que, dès ce moment,
il avait adopté. Le cardinal de Mantoue, Hercule de Gonzague, frère
du marquis, lui commanda un sceau, et des empreintes de ce sceau nous
sont parvenues. Déjà plusieurs années auparavant, à Rome, Cellini avait
eu l'occasion de s'exercer à ce travail délicat, plus proche parent de l'art
du médailleur que de l'orfèvrerie. L'idée lui en était venue en voyant les
sceaux que gravait pour les cardinaux un orfèvre, originaire de Pérouse,
Lautizio : il en fit quelques-uns, et je serais porté à considérer comme
son œuvre le sceau du cardinal Innocenzo Cybo, cardinal de Santa
Maria in Navicella, dont une épreuve en bronze fait partie de la collection de M. Piet-Lataudrie. On sait que Cellini fit précisément une grande
aiguière d'argent pour le même cardinal et je ne vois aucune raison
tirée du style de l'œuvre elle-même qui puisse faire révoquer en doute
une semblable attribution.

Le sceau d'Hercule de Gonzague, Cellini le décrit assez minutieuse-
ment : il représentait l'*Assomption* et les douze apôtres réunis autour du
tombeau de la Vierge. A en juger par la reproduction fort exacte qu'en a
donnée M. Plon d'après une épreuve en cire conservée à Mantoue, en
1528, Cellini n'avait pas encore une manière bien personnelle ; ses figures
n'ont point encore cette forme allongée et sèche qui constituera son style ;
une influence prépondérante s'y reconnaît, c'est celle de Michel-Ange : il
a emprunté les attitudes un peu tourmentées, les draperies savamment
pliées et repliées du grand sculpteur florentin ; les types des physionomies
sont puisés à la même source et il eût pu assurément être moins bien
inspiré. En résumé, absence de personnalité et confirmation de l'admiration qu'il professe si souvent dans ses écrits pour Michel-Ange.

Deux autres sceaux exécutés aussi par Cellini à Mantoue, l'un pour
le cardinal, l'autre pour le marquis, sont malheureusement inconnus ;
tout ce que nous savons, c'est que le manche de ce dernier, qui était d'or,
était formé par une figure d'Hercule, assis, tenant en main une massue.

Si je parle ici d'un autre sceau, dont une épreuve en plomb existe au
Musée de Lyon et a été publiée pour la première fois par le savant conser-
vateur de ce musée, J.-B. Giraud, quoiqu'il n'ait été exécuté que bien

SCEAU DU CARDINAL CYBO.

Bronze. (Collection Piet-Lataudrie.)

(Voir plus bas, page 40.)

des années plus tard, en 1539, c'est qu'il nous permet de mesurer les progrès que, dans cet intervalle, avait faits Cellini. Ce sceau est celui d'Hippolyte d'Este, cardinal de Ferrare, dont Cellini parle et dans les
Mémoires et dans le *Traité de l'orfèvrerie*. Sur cette pièce sont repré-

sentées deux scènes différentes séparées par un motif d'architecture :
d'un côté *saint Ambroise chassant les Ariens ;* de l'autre, la *Prédication
de saint Jean-Baptiste ;* enfin, au bas de ce sceau ovale, sont gravées les
armes du cardinal, soutenues par quatre génies nus portant des cornes
d'abondance. La *Prédication de saint Jean* montre bien tout le chemin
parcouru par l'artiste dont le style s'est complètement formé. L'influence de Michel-Ange se fait encore sentir, elle se fera sentir pendant
toute la carrière de Cellini ; mais les figures ont pris de l'élégance dans
les formes et dans les attitudes, élégance non exempte de maniérisme
qui l'amènera à se trouver acculé au plus dangereux dilemme dans
lequel puisse être enfermé un sculpteur : ou faire trop long, comme
dans la *Nymphe de Fontainebleau,* ou, par réaction et crainte d'exagérer
ce défaut, à faire un personnage trop court, tassé sur lui-même, pourvu
de muscles disproportionnés avec sa taille, comme le *Persée.* Pour cette
dernière figure, on le verra plus loin, Benvenuto a si formellement réagi
contre un défaut dont il apercevait toutes les conséquences, que sa statue
définitive est loin d'avoir l'élégance, les formes sveltes et élancées qui
font le charme de la maquette.

Si je m'étends aussi longuement sur des monuments qui peuvent
paraître bien peu importants dans l'œuvre d'un homme qui, comme Cellini, a fourni une si longue carrière artistique, c'est qu'il me semble particulièrement intéressant de fixer le caractère de ses œuvres à son point
de départ. Malheureusement à vingt-cinq ou trente ans, au xvie siècle, en
Italie, un artiste était déjà mûr et nous ne connaissons aucune œuvre de
notre orfèvre qui nous fasse assister aux efforts qu'il a pu faire en cherchant sa voie.

En quittant Mantoue, Cellini revint à Florence où il apprit que son
père était mort de la peste ; il s'en consola en retrouvant son frère et sa
sœur et, sur leur prière, consentit à rester quelque temps dans sa patrie :
il ouvrit boutique au Mercato-Vecchio : c'est là qu'il fit deux enseignes
de chapeau, en or ciselé, qui toutes deux eurent l'approbation de Michel-
Ange. Un *Hercule terrassant le lion de Némée* et *Atlas portant le monde.*
Mais la politique gâtait tout à Florence et surtout les affaires avec Clément VII ; toutefois Cellini s'était, comme les autres, équipé et se prépa-
rait à prendre part à la défense de la ville quand un de ses anciens amis
de Rome lui envoya lettre sur lettre lui disant que le pape se souvenait
de lui et voulait lui confier des travaux importants. Il n'en fallait pas

tant pour décider un homme qui avait à un si haut point le goût du changement et des aventures. Il partit secrètement pour Rome, faisant litière de son patriotisme et redevint le serviteur du pape et des Médicis (avant juin 1529).

CHAPITRE III

La vie que mena Cellini à Rome à la fin du règne de Clément VII et
sous Paul III, fut une longue série d'aventures; cette vie est si connue
qu'il me suffira d'en rappeler les principaux traits. Je ne voudrais point
paraître absoudre notre artiste de tous les méfaits dont on l'a chargé,
cependant il me semble qu'on a été un peu loin en le regardant comme
un vulgaire assassin. Par une malheureuse habitude, nous voulons toujours toiser toutes les époques à notre mesure, ce qui nous entraîne à
des erreurs d'appréciation souvent regrettables. En appliquant notre aune
aux gens du xvie siècle, elle se trouve beaucoup trop courte. Tel individu
qui aujourd'hui passerait pour un parfait scélérat et dont la société devrait se débarrasser, s'est tout bonnement conduit, au xvie siècle, en parfait gentilhomme; autres temps, autre mœurs. A une époque aussi
troublée, l'individualisme prenait un développement parfois exagéré,
mais que nous aurions tort de juger en hommes du xixe siècle. Cette
remarque faite, je ne vois pas de difficulté à reconnaître que quelquefois
Cellini avait la main un peu prompte et cette absence de préjugés qui
caractérisait beaucoup de ses contemporains. Ces idées étaient si bien
entrées dans les mœurs que personne, à son époque, ne songeait à lui
en faire un crime, sauf ses ennemis, moins forts et moins habiles à
manier le couteau ou l'épée que lui, et qui rêvaient de le faire passer
tout doucement de vie à trépas. Dans ces conditions l'historien impar-
tial ne doit-il pas se borner à enregistrer les faits, sans mêler à son récit

une appréciation qui détonnerait comme une fausse note? Aussi bien des scènes semblables à celles que nous racontent les *Mémoires* ou les pièces des procès intentés à Cellini se passaient journellement non seulement en Italie, mais encore en France et dans d'autres pays. Si Cellini tua à son retour à Rome un soldat, assez proprement du reste, d'un coup de couteau dans le cou, ce soldat avait tué son frère; s'il massacra l'orfèvre Pompeo, celui-ci l'avait desservi d'une manière infâme et aurait sans aucun doute souhaité de le faire disparaître : cet assassinat ne fut pour Benvenuto qu'une mesure de préservation. Sans doute de pareils procédés nous répugnent, mais au xvie siècle, il n'en était pas ainsi : c'était le seul moyen de se faire respecter. Et dans un pays soumis au pape, c'est-à-dire à un souverain dont on escomptait toujours la mort, l'anarchie étant encore plus complète qu'ailleurs, chaque individu devait se montrer d'autant plus énergique.

La première fois que Benvenuto vit Clément VII, il songea d'abord à se faire absoudre par le pape d'un léger vol qu'il avait commis en s'appropriant l'or resté dans les cendres après la fonte des joyaux du Trésor pontifical au château Saint-Ange. Le pape lui remit volontiers ce péché qui lui rappelait les mauvais jours du sac de Rome, puis lui commanda un travail important que, comme tous les papes, il voulait faire exécuter rapidement, pour avoir le temps d'en jouir un peu, disait-il. Il s'agissait de fabriquer un bouton de chape en or portant au centre un gros diamant et la figure de Dieu le Père, en relief.

Furieux de voir le crédit dont jouissait Benvenuto auprès de Clément VII, de nombreux rivaux tentèrent de faire avorter cette commande; mais rien n'y fit et le modèle de notre orfèvre fut accepté. « Sur le diamant, dit-il dans les *Mémoires*, était assis Dieu le Père, dans une attitude dégagée, qui était admirablement en harmonie avec l'ensemble du morceau et ne nuisait en rien au diamant. Dieu le Père, de sa main droite, donnait sa bénédiction. Le diamant était soutenu par les bras de trois petits anges; j'avais modelé celui du milieu en ronde bosse et les deux autres en demi-relief. A l'entour d'autres petits enfants se jouaient parmi d'autres petites pierreries. Dieu était couvert d'un manteau qui voltigeait et d'où sortaient quantité de petits anges et divers ornements d'un effet ravissant. » Cellini mit assez longtemps à faire ce bouton de chape; mais il était à peine commencé que le pape, ravi de la tournure que prenait son ouvrage, et d'ailleurs amusé par toutes les histoires que des envieux lui racontaient sur le compte de l'orfèvre, eut l'idée de lui confier le soin de graver les coins de ses monnaies. Il lui commanda d'abord un modèle de doublon d'or portant au revers un *Ecce homo*, qui lui valut le titre officiel de graveur de la monnaie papale. A vrai dire, cette monnaie que décrit Cellini et dans les *Mémoires* et dans le *Traité d'orfèvrerie* ne méritait peut-être pas l'enthousiasme que témoigna Clément VII : le faire en est assez médiocre et le Christ est pauvrement dessiné; quoi qu'il en soit, cette fabrication, malgré ses défauts, était certainement en progrès sur les anciens types monétaires qui, sous le rapport de l'art, laissaient beaucoup à désirer. Un autre doublon d'or, gravé peu après, offrant d'un côté les images des apôtres Pierre et Paul et de l'aure le pape et l'empereur soutenant la croix; un carlin représentant saint Pierre marchant sur les eaux sont également des pièces peu recommandables et peu dignes de figurer, malgré leur authenticité, dans l'œuvre de Cellini. On est même fort surpris d'avoir à constater combien un orfèvre aussi habile, habitué aux travaux les plus minutieux, s'est mal tiré d'un travail qui ne réclamait pas un talent artistique bien considérable; cela est d'autant plus bizarre que Benvenuto a plus tard fait d'assez belles médailles, évidemment inférieures à beaucoup de pièces du xve siècle et même du xvie, mais qui cependant permettent de lui assigner un assez bon rang parmi ceux qui ont cultivé ce bel art. J'aurai l'occasion d'y revenir bientôt.

Devenu massier du pape, mais dispensé des fonctions afférentes à cette charge, Benvenuto exécuta un grand calice d'or dont la tige représentait trois figures des vertus théologales; sur le pied, étaient ciselées la Résurrection, la Nativité et le Crucifiement de saint Pierre; mais dès ce moment, Cellini, un peu en froid avec Clément VII, qui lui avait à peu près refusé un office important et donnant de gros revenus, l'office du plomb, faisait traîner ses travaux en longueur. Quand, en 1532, Clément VII alla trouver l'empereur à Bologne, il se fit remplacer par un légat à Rome, le cardinal Salviati, qu'il chargea de surveiller le calice qu'il désirait voir achevé le plus tôt possible. Ce dernier, peu aimé de Benvenuto, protégeant ses rivaux chaque fois qu'il en trouvait l'occasion, crut que le moment était venu de le vexer et de le desservir; mal lui en prit, ainsi que nous l'apprenons dans les *Mémoires* où est conservé le récit pittoresque de ces petites querelles :

« Le pape partit pour Bologne. Il nomma le cardinal Salviati légat de

Rome, et lui enjoignit de veiller à ce que son calice fût terminé. — « Benvenuto, lui dit-il, est un homme qui se soucie peu de son talent, et « de nous encore moins. » — Cet imbécile de cardinal me manda au bout de huit jours, avec ordre de lui apporter mon ouvrage. J'allai le trouver, mais les mains vides. Dès que je parus devant lui, il me cria: «Où est- « elle, ta *cipollata?* est-elle finie?» — «Monsignor reverendissimo, lui « répondis-je, je n'ai pas fini ma *cipollata*, et je ne la finirai pas si vous ne « me donnez pas des ognons pour la finir. » — A ces mots, mon cardinal, qui avait plutôt la tête d'un âne que celle d'un homme, devint de moitié plus hideux qu'auparavant et, pour couper court, me dit: «Je te mettrai « à bord d'une galère, où tu auras le loisir de la terminer. » — Cet animal m'ayant rendu aussi bête que lui, je répondis: «Monsignor, quand je « commettrai des fautes qui mériteront les galères, vous m'y mettrez. Quant « à présent, je n'ai pas peur de votre galère. De plus, je vous déclare que « votre Seigneurie est cause que je n'achèverai point mon ouvrage. Et ne « m'envoyez plus chercher, car, dorénavant, je ne viendrai plus ici, à moins « que vous ne m'y fassiez traîner par vos sbires. » — Le cardinal me députa alors plusieurs personnes, avec mission de me persuader que je devais travailler et aller lui montrer mon ouvrage. «Dites à Monsignor qu'il « m'envoie des ognons, s'il veut que je finisse ma *cipollata*. » — Telle fut la seule réponse que l'on put obtenir de moi; aussi, désespéra-t-il si bien de sa cause, qu'il y renonça. »

« Sa Sainteté revint de Bologne, et de suite s'enquit de moi, attendu que le cardinal lui avait écrit pis que pendre sur mon compte. Le pape, au comble de la fureur, m'expédia ordre d'aller le trouver avec le calice. J'obéis. Durant le séjour de Sa Sainteté à Bologne, il m'était tombé sur les yeux une fluxion si douloureuse que la vie m'était presque intolérable. Ce fut le principal motif qui m'empêcha de continuer mon ouvrage. Le mal empira au point que je craignis de perdre la vue. J'étais même arrivé à calculer ce qu'il me faudrait pour vivre, dans le cas où je resterais aveugle. Tout en me rendant chez le pape, je ruminais comment je m'excuserais de ne m'être point occupé de mon travail. J'espérais que, pendant qu'il l'examinerait, je pourrais lui exposer mes raisons; mais il en arriva autrement. En effet, dès qu'il me vit, il me dit rudement: «Donne « cet ouvrage. Est-il fini?»

« Je le lui montrai. Aussitôt sa colère augmenta de plus belle, et il me cria: «En vérité de Dieu! Je te déclare, à toi qui fais profession de

« ne tenir compte de personne, que, si ce n'était par respect humain, je
« te ferais jeter par les fenêtres avec ton ouvrage. »

« Voyant que le Pape était devenu comme une bête féroce, je ne
songeai qu'à décamper. Tandis qu'il continuait ses menaces, je fourrai
le calice sous ma cape et je murmurai entre mes dents: «Le monde
« entier ne saurait forcer un aveugle à exécuter de tels ouvrages! »

« Le Pape, élevant de plus en plus le verbe, reprit: « Viens ici, que
« dis-tu?» — Je fus d'abord tenté de me précipiter au bas des escaliers,
mais bientôt j'adoptai un autre parti. Je me jetai à genoux, et je me mis
à crier aussi haut que lui : «Suis-je donc en état de travailler, si une
« maladie m'a rendu aveugle? » — «Tu as cependant vu clair pour venir
« ici, me répliqua-t-il; je crois qu'il n'y a pas un mot de vrai dans tout ce
« que tu me contes là». — Sa voix s'étant radoucie, je lui répondis: «Que
« Votre Sainteté le demande à son médecin ; elle reconnaîtra que c'est la
« vérité. » — «Nous examinerons plus à loisir, dit-il, s'il en est ainsi. » —
M'apercevant alors qu'il était disposé à m'écouter, j'ajoutai: «Je crois
« que le cardinal Salviati est seul cause de cette cruelle maladie ; car
« aussitôt après le départ de Votre Sainteté, il m'envoya chercher, et,
« quand je fus arrivé, il appela mon travail une *cipollata*, et me menaça
« de me le faire finir sur une galère. Ces outrages me bouleversèrent au
« point que je sentis à l'instant mon visage s'enflammer, et mes yeux
« devinrent si brûlants, que je ne pus trouver mon chemin pour retour-
« ner chez moi. Peu de jours après, deux cataractes me tombèrent sur
« les yeux, et je restai complètement privé de la lumière, de sorte que,
« depuis le départ de Votre Sainteté, il m'a été impossible de faire la
« moindre chose. »

« En achevant ces mots, je me relevai et je me retirai. J'appris
ensuite que le Pape dit alors: «On peut conférer une fonction à un
« homme, mais on ne saurait lui donner en même temps de la prudence.
« Je n'avais pas ordonné au cardinal d'aller si loin. S'il était vrai que
« Benvenuto eût mal aux yeux, ce que je saurai par mon médecin, il
« faudrait le traiter avec quelques ménagements. » — Un personnage,
aussi distingué par son mérite que par sa noblesse, et qui se trouvait
dans les bonnes grâces du Pape, lui demanda qui j'étais. — « Très Saint
« Père, lui dit-il, je vous adresse cette question, parce que je vous ai vu,
« dans la même minute, transporté de la plus violente colère, puis saisi de
« la plus profonde compassion. Je désire encore savoir quel est cet

« homme, parce que, s'il mérite qu'on s'occupe de lui, je lui enseignerai
« un secret qui le délivrera de sa maladie. » — Le Pape lui répondit :
« C'est le plus habile homme qu'il y ait jamais eu dans sa profession.
« Un jour que nous serons ensemble, je vous montrerai ses merveilleux
« ouvrages, et je vous le ferai connaître. Je serais enchanté que vous
« pussiez lui être utile. »

Si j'ai cité ce long passage des *Mémoires*, c'est qu'il me paraît des
plus caractéristiques et tout à fait de nature à nous éclairer sur la nature
des rapports qui existaient entre notre orfèvre et Clément VII. Du reste,
ce tableau conviendrait tout aussi bien à tel autre pape et à tel autre
artiste. Tout n'était assurément pas rose dans la situation d'un artiste
travaillant pour l'un des souverains pontifes ; à des accès de bonhomie
et de familiarité excessives succédaient, sans raison, des impatiences, des
moments de mauvaise humeur et tous ceux — peintres ou sculpteurs
— qui ont été à leur service ont éprouvé les mêmes ennuis. Ils se
trouvaient toujours en face de protecteurs difficiles à contenter, qui voulaient avoir tout ce qui leur passait par la tête et le plus tôt possible,
parce qu'ils n'étaient point sûrs du lendemain. Les esprits indépen-
dants se hâtaient de se soustraire à cette tyrannie ; les autres, à un
pareil métier, gâtaient leur talent, et on pourrait citer plus d'un exemple
de génies que les papes, avec leurs impatiences et leurs fantaisies, ont
absolument étouffés.

Quand on réfléchit à tous ces défauts d'un séjour à Rome au
xvie siècle pour un artiste, on est plus disposé à pardonner à Cellini
toutes ses incartades ; ajoutez à cela que journellement il était desservi
auprès du pape par ses rivaux, tantôt par l'orfèvre Pompeo, tantôt par
l'orfèvre Tobia, et que ces calomnies aboutirent à lui faire enlever la
charge de graveur des monnaies pontificales. On se sent tout disposé à
excuser le meurtre de Pompeo, qui, tout compte fait, paraît avoir été un
véritable gredin. N'alla-t-il pas un jour raconter à Clément VII que
Benvenuto venait de tuer Tobia, alors qu'il ne s'était rien passé entre les
deux artistes, tant et si bien que notre orfèvre dut en toute hâte se réfugier à Naples ! Le pape, une fois sa colère passée et mieux informé, avait
dit à Pompeo qu'il avait excité un serpent qui le mordrait. Il ne savait
point dire si juste. Peu de jours après la mort de Clément VII (25 septembre 1534), Pompeo, qui ne sortait plus qu'entouré de *bravi*, reçut
la récompense méritée de ses bons offices.

« J'étais assis avec plusieurs de mes amis, lorsque vint à passer
Pompeo au milieu d'une douzaine d'hommes bien armés. Quand il fut
vis-à-vis de moi, il s'arrêta un peu, comme s'il eût voulu me chercher
noise. Mes amis, jeunes gens braves et résolus, m'invitèrent à dégaîner ;
mais je considérais que si je mettais l'épée au vent il en arriverait
malheur à maintes personnes qui n'étaient pour rien dans la querelle, et
je jugeai qu'il valait mieux n'exposer que moi au danger. Pompeo, après
être resté là le temps de dire deux *Ave Maria*, se mit à ricaner et s'éloigna
suivi de ses compagnons, qui l'imitèrent en secouant la tête et en faisant
toutes sortes de bravades. Mes amis voulaient prendre part à la dispute,
mais je leur signifiai vertement que j'étais homme à savoir mener moi-
même mes querelles à fin ; que je n'avais nul besoin de plus braves que
moi, et qu'ainsi chacun eût à se mêler de ses affaires. Ils se retirèrent assez
fâchés, et en murmurant contre moi. Parmi eux se trouvait mon meil-
leur ami, Albertaccio del Bene, frère d'Alessandro et d'Albizzo. Il
réside aujourd'hui à Lyon où il possède une fortune énorme. C'était le
plus admirable et le plus intrépide jeune homme que je connusse. Il
m'aimait autant que lui-même. Il savait bien que, si je montrais de la
patience, ce n'était point par pusillanimité d'âme, mais par excès de
bravoure ; car il me connaissait parfaitement ; aussi, en réponse à ce que
j'avais dit, me pria-t-il de l'appeler à participer à tout ce que je ferais.
— « Albertaccio, mon plus cher ami, lui répliquai-je, le temps viendra
« où j'aurai besoin de votre assistance, mais à présent, si vous m'aimez,
« ne vous inquiétez pas de moi ; songez seulement à vous, et partez
« promptement comme les autres, car il n'y a pas d'instants à perdre. »
— Tout cela fut dit très vite. Pendant ce temps, mes ennemis, qui
s'étaient dirigés à pas lents vers la Chiavica, arrivèrent à un carrefour
où se croisent plusieurs rues qui conduisent en différents quartiers de la
ville. La maison de mon ennemi Pompeo était située dans la rue qui va
droit au Campo di Fiore. Il entra chez cet apothicaire qui demeurait au
coin de la Chiavica, et il y fut retenu un moment par quelques affaires ;
on m'assura bien qu'il y resta pour se vanter des bravades qu'il croyait
m'avoir faites, mais de toutes façons ce fut pour son malheur. En effet,
précisément à l'instant où j'arrivais à l'encoignure de la Chiavica, il
sortait de la boutique de l'apothicaire, ses *bravi* ouvraient leurs rangs et le
recevaient au milieu d'eux. Je pris un petit poignard bien affilé, je passai
à travers les *bravi* et je saisis mon homme avec tant de vivacité et de

présence d'esprit, qu'aucun de ses acolytes ne put le secourir. Je le tirai à moi pour le frapper au visage, mais la frayeur lui fit détourner la tête, de sorte que je le piquai exactement au-dessous de l'oreille. Je ne donnai que deux coups seulement, car au second il tomba mort. Je n'avais jamais eu l'intention de le tuer ; mais, comme l'on dit, on ne mesure pas les coups. De la main gauche, je repris mon poignard, et de la droite je tirai mon épée pour défendre ma vie, mais tous ces *bravi* coururent au cadavre et ne pensèrent nullement à m'attaquer. Je m'éloignai donc seul par la rue Giulia, en ruminant où je pourrais me réfugier. Quand je fus à trois cents pas, l'orfèvre Piloto, mon grand ami, me rejoignit et me dit : « Frère, puisque le mal est fait, songeons à te sauver. » — « Allons, « lui répondis-je, chez Albertaccio del Bene, car je l'ai averti tout à l'heure « que je ne tarderais pas à avoir besoin de lui. » — Dès que nous fûmes arrivés chez Albertaccio, on m'accabla de témoignages d'amitié, et les jeunes gens distingués de toutes nations, excepté la milanaise, qui habitaient le quartier des Banchi, accoururent mettre leur vie à ma disposition. Messer Luigi Ruccelaï m'envoya offrir ses services : beaucoup d'autres seigneurs imitèrent son exemple. Tous s'accordaient à me féliciter, car il leur semblait que ce Pompeo m'avait par trop molesté, et ils étaient fort étonnés que j'eusse pu souffrir autant d'injures. »

Je serai bref sur les événements qui suivirent le meurtre : protégé par les cardinaux Cornaro et Hippolyte de Médicis, Cellini obtint d'abord un sauf-conduit, puis fit sa paix avec le frère de Pompeo ; malgré tout, il faillit être arrêté. Enfin le nouveau pape Paul III (Alexandre Farnèse) lui accorda sa grâce dans un *motu proprio* dont M. Bertolotti a retrouvé le texte : Cellini, considéré comme homicide, fut gracié à l'occasion de la fête de l'Assomption et remis, suivant un antique usage, à la corporation des bouchers dont il dut suivre la procession. C'était un peu humiliant pour l'artiste, mais enfin cette petite vexation lui permettait d'espérer qu'on le laisserait vivre en paix et le pape sauvait de la sorte les apparences.

Paul III ne demandait pas mieux, au fond, que de continuer à employer Cellini ; il lui commanda, pour Charles-Quint, une couverture de missel en or, enrichie de pierreries que l'artiste fut chargé de présenter à l'empereur quand celui-ci vint à Rome, en 1536. Inutile d'ajouter que cette couverture de missel a disparu, et qu'aucune de celles dans lesquelles on a voulu la reconnaître ne peut être identifiée à celle-là ; c'était

sans doute un ouvrage fort riche, mais on ne possède pas assez de ren-
seignements pour la pouvoir discerner sûrement au milieu des quelques
reliures en orfèvrerie du xvɪᵉ siècle qui subsistent encore aujourd'hui.

La faveur du pape ne devait pas, du reste, s'étendre longtemps à
l'orfèvre florentin, desservi auprès de lui, car si Pompeo était mort, ses
parents et amis agissaient encore sous main. Cellini aurait mieux fait de
se fixer définitivement à Florence; c'est ce que lui avait proposé, mais
sans succès, le duc Alexandre de Médicis à la médaille duquel il travailla
longtemps, sans parvenir du reste à en faire un chef-d'œuvre. Un bel
anneau d'or orné d'un diamant que Paul III lui donna à monter ne remit
pas ses affaires en bon état; bref, Cellini se décida à quitter Rome et à aller
en France, espérant y trouver, sinon la fortune, du moins la tranquillité.

Il se trompait et ce voyage fut fait en pure perte. En passant à
Padoue, il habita chez Pietro Bembo et, à sa prière, fit un modèle pour
sa médaille. Mais ce ne fut que plusieurs années plus tard, alors que
Bembo était devenu cardinal, que cette belle médaille fut achevée et
fondue.

Nous possédons deux médailles de Bembo : l'une de Valerio Belli,
œuvre très médiocre, l'autre fort belle et que quelques auteurs ont attribuée
à Cellini, tandis que d'autres émettent des doutes au sujet de cette attribution. M. Plon lui-même, qui a réuni sur cette intéressante question un
nombre considérable de documents très concluants, hésite à la donner,
avec Friedlaender, à notre artiste. La médaille est bien, cependant, celle
dont Cellini parla à plusieurs reprises, une médaille offrant le profil du
cardinal, avec la barbe longue; le revers est conforme à celui décrit
dans les *Mémoires* et représente Pégase. Quant à moi, je trouve qu'on
ne peut admettre que cette médaille ne soit pas celle de Cellini, et on
doit certes la considérer comme une des plus belles médailles du
xvɪᵉ siècle italien. Jamais Benvenuto n'a été mieux inspiré pour une
médaille, pas même pour son beau portrait, si plein d'accent, de François Iᵉʳ. Il est vrai que le modèle se prêtait admirablement à un travail
de ce genre : traits fortement dessinés, réguliers, sans être fades, grande
barbe ondoyante retombant sur le camail. Cette barbe, à laquelle Cellini
tenait tant, sur laquelle il insiste dans ses lettres, est une merveille de
modelé. Quant au revers, le *Pégase* s'enlevant de terre, il révèle, par sa
simplicité et son attitude pittoresque, un artiste tout à fait destiné à pratiquer l'art difficile du médailleur. Ce cheval idéal est modelé admira-

blement, parfaitement musclé sans perdre son caractère mythologique ; c'est un emblème bien choisi et supérieurement exécuté.

Le projet de cette médaille, ce fut à peu près tout ce que lui valut son voyage de France. Mal accueilli par un ancien ami, le Rosso, qui voyait d'un mauvais œil arriver en France un artiste italien qui pouvait être un rival, il fut cependant présenté à François Ier; mais le roi partait pour Lyon; notre Florentin suivit la Cour dans son voyage espérant trouver quelque bonne occasion de piquer la curiosité du Roi; l'occasion ne se présenta pas et Cellini dut se contenter de faire la

MÉDAILLE DU CARDINAL PIETRO BEMBO,
par Benvenuto Cellini.

connaissance du cardinal de Ferrare, Hippolyte d'Este, qui lui commanda un bassin et une aiguière et devait, plus tard, devenir son protecteur. L'orfèvre reprit, légèrement découragé par cet accueil un peu froid, le chemin de l'Italie où l'attendaient de cruelles aventures.

Rentré à Rome, réinstallé dans une boutique neuve, surchargé de commandes, Benvenuto venait de recevoir une lettre du cardinal de Ferrare lui annonçant qu'enfin le roi de France s'était souvenu de lui et désirait vivement le prendre à son service, quand un beau matin les sbires lui mirent la main au collet et le conduisirent en prison au château Saint-Ange. Que s'était-il donc passé ?

Cellini avait eu des démêlés avec un de ses ouvriers, un certain Jeromino, originaire de Pérouse; celui-ci, pour se venger, avait imaginé toute une fable grossie par l'imagination de Paul III et surtout par son fils naturel, Pier Luigi Farnèse, qui dans toute cette affaire joua un rôle absolument honteux; on l'accusait d'avoir volé une partie des pierreries qu'il avait détachées du temps de Clément VII, et sur l'ordre de ce pape, des tiares pontificales. Interrogé au bout de huit jours, dès qu'il comprit de quoi on l'inculpait, il n'hésita pas à traiter ses juges, le pape et tout le monde comme ils le méritaient. Le vindicatif Paul III dut éprouver quelque embarras quand on lui raconta l'aventure; il fit faire ce par quoi on aurait dû commencer; on vérifia les comptes et les inventaires du trésor pontifical, dont l'examen justifia Cellini; mais on garda l'orfèvre sous clef. Dès lors l'idée fixe de s'évader germa dans son cerveau et malgré toutes les précautions prises par le gouverneur du château Saint-Ange, sorte de fou qui s'imaginait être transformé en chauve-souris, il parvint à mettre une première fois son projet à exécution :

« Alors je ruminai le plan que j'avais à suivre pour m'évader. Dès que je me trouvai sous clef, j'examinai attentivement ma prison. Lorsque je crus avoir découvert un moyen certain d'en sortir, je cherchai de quelle façon je pourrais descendre du haut de la tour. Je pris les draps de lit neufs que j'avais à l'avance disposés en bandes solidement cousues, ainsi que je l'ai noté, et je calculai quelle longueur m'était nécessaire pour opérer ma descente. Après m'être assuré de ce dont j'avais besoin, je pensai à utiliser des tenailles que j'avais dérobées à un Savoyard qui était de service au château. Cet homme avait soin des tonneaux et des citernes, et s'amusait à faire de la menuiserie. Parmi plusieurs paires de tenailles qu'il possédait, j'en trouvai une grande fort à ma guise, que je m'appropriai et que je cachai dans ma paillasse. Quand le moment de m'en servir fut venu, je l'employai à arracher les clous qui retenaient les pentures de ma porte : comme celle-ci était double, les rivures des clous ne pouvaient se voir. Au premier clou que j'essayai d'enlever, j'éprouvai les plus grandes difficultés, néanmoins j'y réussis à la fin. Dès que je l'eus ôté, je m'occupai d'empêcher qu'on ne s'en aperçût. A l'aide d'un peu de cire mêlée à de la râclure de fer rouillé, je modelai sur les pentures des têtes de clous exactement semblables à celles que j'ôtais. Je laissai les pentures attachées à leurs extrémités par des clous que j'avais d'abord arrachés, et que je n'avais remis que très légèrement, après les avoir épointés. Ce ne fut pas sans peine que je vins à bout de tout cela, car le gouverneur rêvait chaque nuit que je m'étais évadé, et d'heure en heure il envoyait visiter ma prison. Celui qui remplissait cet office était un

véritable sbire de nom et de fait. Il s'appelait le Bozzo, et était toujours
accompagné d'un certain Giovanni, surnommé Pedignone (*engelure*).
Ce dernier était soldat ; le Bozzo était valet. Giovanni ne venait jamais à
ma prison sans me dire quelque injure. Il était de Prato où il avait servi
en qualité de garçon apothicaire. Il examinait attentivement tous les
soirs les pentures de ma porte et toute ma chambre, ce qui ne m'empê-
chait pas de lui dire : « Gardez-moi bien, car je m'échapperai en dépit
« de tout. » — Ces paroles engendrèrent entre lui et moi une inimitié
mortelle : aussi avais-je soin de bien cacher dans ma paillasse tous
mes outils de fer, tels que mes tenailles, un grand poignard et d'autres
instruments de ce genre. Ma paillasse recélait encore les bandes que
j'avais préparées. Dès que le jour se levait, je balayais moi-même ma
prison. J'aime naturellement la propreté, mais alors je la poussais jusqu'à l'excès. Je faisais ensuite mon lit avec un soin égal, et je le couvrais
de fleurs que m'apportait tous les matins ce Savoyard à qui j'avais volé
les tenailles. Quant le Bozzo et le Pedignone entraient, je ne manquais
jamais de leur recommander de ne pas approcher de mon lit, de peur
qu'ils ne le souillassent. Quelquefois, dans le seul but de me vexer, il le
touchaient légèrement. Alors je m'écriais : « Ah ! sales poltrons ! je vais
« empoigner une de vos épées, et je vous malmènerai d'une façon qui
« vous étonnera. Vous croyez-vous dignes de toucher le lit d'un homme
« comme moi ? Je me soucierai peu de ma vie ; car je suis sûr que je
« vous tuerai ; ainsi laissez-moi à mes chagrins et à mes tribulations, et
« n'augmentez pas mon supplice, sinon je vous montrerai ce dont est
« capable un homme au désespoir. » — Ils rapportèrent ces paroles au
gouverneur qui leur ordonna expressément de ne jamais s'approcher de
mon lit, d'ôter leurs épées pour entrer dans ma prison, et du reste de
veiller de près sur moi. Quand j'eus mis mon lit à l'abri des recherches
des geôliers, je crus avoir tout obtenu, car c'était le point le plus important de mon affaire.

« Un jour de fête, vers le soir, le gouverneur se trouva beaucoup
plus malade que d'ordinaire. Sa folie s'était développée de plus belle. Il
ne cessait de répéter qu'il était chauve-souris, et que si l'on apprenait
que Benvenuto se fût évadé, on n'avait qu'à le laisser aller, qu'il saurait
bien me rattraper, attendu que la nuit il volerait à coup sûr plus rapidement que moi. — « Benvenuto, disait-il, est une fausse chauve-souris,
« tandis que moi, je suis une vraie chauve-souris. On me l'a donné en

« garde, laissez-moi faire, je le rattraperai bien. » — Ces accès ayant
duré plusieurs nuits consécutives, tous ses gens étaient harassés de
fatigue. J'étais instruit de tout ce qui se passait, particulièrement par le
Savoyard, qui m'était tout dévoué. Ayant donc résolu de m'enfuir le
soir de cette fête, j'adressai d'abord dévotement une prière à Dieu, en
suppliant sa divine Majesté de me protéger et de m'aider dans ma péril-
leuse entreprise; puis je passai toute la nuit à préparer ce qui m'était
nécessaire.

« Deux heures avant le jour, j'enlevai les pentures avec une peine
infinie, parce que le battant et le verrou m'opposaient une telle résis-
tance que je fus obligé de ronger le bois. Pourtant, à la fin, j'ouvris et je
sortis chargé de mes bandes que j'avais roulées sur des morceaux de bois
comme des pelottes de fil. Je me rendis aux latrines de la tour, d'où je
grimpai facilement sur le toit, après avoir arraché deux tuiles. J'étais
vêtu d'un pourpoint et d'un haut de chausses blancs. J'avais aux pieds
des brodequins de même couleur, dans l'un desquels j'avais fourré mon
grand poignard. Un morceau de brique antique, qui sortait de quatre
doigts à peine du mur de la tour où il avait été scellé, me servit à attacher un bout de l'une de mes bandes que j'avais arrangée en forme
d'étrier. Dès que je l'eus solidement fixé à cette brique, j'adressai à Dieu
cette prière : « Seigneur, aidez-moi, car je m'aide moi-même et ma cause
« est juste, vous le savez. » — J'arrivai à terre en descendant tout doucement à la force des bras. La lune était cachée, mais la nuit était très
claire. Quand j'eus pris pied, je considérai l'énorme hauteur d'où j'étais
descendu si courageusement, et j'éprouvai un vif sentiment de joie en
pensant que j'étais libre. Par malheur, il n'en était rien, car le gouverneur avait fait construire de ce côté une écurie et une basse-cour dont
les murs étaient fort élevés. De gros verrous fermaient cet enclos au
dehors. Grand fut mon désappointement lorsque je vis que je ne pouvais
sortir par là. Tandis que je marchais de long en large, en réfléchissant à
mon embarras, mon pied rencontra une longue poutre couverte de
paille. Je la dressai, non sans peine, contre le mur; puis, à force de
bras, je gravis jusqu'au haut. Comme la muraille se terminait en pointe,
il m'était impossible de tirer la poutre à moi. J'avais laissé un de mes
pelotons pendu à la tour du château. Je me décidai alors à couper un
morceau de mon second peloton. Je le nouai à la poutre et je m'en servis
pour gagner le bas du mur. Cette descente fut très difficile et très fati-

gante. Mais mains étaient tout écorchées et ruisselaient de sang. Je fus
forcé de les baigner avec mon urine, et de prendre un peu de repos.
Aussitôt que je crus avoir retrouvé ma vigueur, je montai sur la dernière enceinte qui donne du côté des Prati. Au moment où je posais à
terre mon peloton de bandes que je voulais attacher à un créneau, je
décrouvris près de moi une sentinelle. Menacé d'être arrêté dans mon
dessein et de perdre la vie, je résolus d'attaquer hardiment ce soldat ;
mais lorsqu'il vit mon air déterminé, et que je marchais droit à lui le
poignard à la main, il se retira en pressant le pas. Je m'étais un peu
éloigné de mes bandes, j'y retournai promptement. J'aperçus bien une
autre sentinelle, mais peut-être ne voulut-elle pas faire attention à moi.
J'attachai mon peloton au créneau, et je me laissai glisser. Soit que me
croyant près de terre j'eusse ouvert les mains pour sauter, soit que mes
mains fatiguées eussent lâché prise, je tombai, et dans cette chute ma tête
frappa rudement contre le sol. Je restai évanoui pendant plus d'une
heure et demie, autant que je puis en juger. »

Le malheureux s'était, en tombant, cassé la jambe et ce fut dans un
piteux état qu'il put se traîner jusqu'à l'intérieur de Rome, où un mar-
chand d'eau voulut bien le porter jusque sur les escaliers de Saint-Pierre.
Recueilli par le cardinal Cornaro, qui le fit panser, Cellini n'était pas
encore au bout de ses peines. Comme bien on pense, l'aventure faisait
grand bruit dans Rome. La situation du fugitif, sa renommée artistique,
jointes à l'invraisemblance d'une telle évasion, c'était assez à coup sûr
pour délier la langue des bons Romains qui n'avaient pas tous les jours
une aussi étonnante nouvelle à colporter de boutique en boutique.
Paul III ne fut pas, bien entendu, le dernier informé ; le gouverneur du
château Saint-Ange avait de bonnes raisons pour le prévenir et on peut
penser quel sombre tableau il put faire au pape du danger de laisser
encore une fois sa liberté à un homme aussi délié et dangereux que
Benvenuto. Bref, au bout de peu de temps, notre orfèvre, leurré par un
demi-pardon, se retrouva au château Saint-Ange. Cette fois il crut
bien que c'en était fait de lui : avec un oiseau si léger et si prompt à
prendre son vol on usa de rigueur ; on le traîna de cachot en cachot, et
bien que les charges relevées contre lui fussent bien difficiles à prouver,
ses ennemis — et le Florentin s'en était fait bon nombre — ne négli-
geaient rien pour le noircir : le meurtre de Pompeo, pour lequel il avait
cependant été gracié, revenait sur le tapis et faisait oublier les légers

vols dont on l'avait d'abord accusé ; on le représentait comme une sorte
de démon dont il n'était que temps de se débarrasser. Bref, si Cellini
n'avait eu de son côté de puissants protecteurs, il est probable qu'il eût
pu dire à jamais adieu au bel art de l'orfèvrerie. Deux personnes s'entre-
mirent surtout pour obtenir sa liberté : Jean de Monluc, frère du célèbre
maréchal, protonotaire auprès de l'ambassadeur du roi de France à
Rome ; puis Hippolyte d'Este, cardinal de Ferrare, qui, un beau soir,
trouvant Paul III bien disposé — le cas était rare chez ce vieillard colé-
rique et quinteux — finit par réclamer Cellini pour le roi François Ier
et obtenir son élargissement. Mais tout cela prit du temps, et il faut
lire dans les *Mémoires* le long récit des tribulations qui précédèrent la
délivrance définitive de l'orfèvre. Le gouverneur du château Saint-Ange
était mort avant le départ de son pensionnaire ; Benvenuto dut apprendre,
en sortant de prison, avec quelque joie, un trépas qui liquidait ainsi un
compte qu'il se serait cru engagé d'honneur à régler plus tard. Cela se
passait au commencement du mois de décembre 1539.

En s'entremettant ainsi pour Cellini, le cardinal de Ferrare n'avait
pas seulement l'intention de le faire travailler pour lui, mais encore
de l'emmener en France pour faire sa cour à François Ier. Comme il
ne pouvait quitter Rome tout de suite, il installa chez lui l'orfèvre qui
fit d'abord un petit voyage jusqu'à Tagliacozzo pour aller chercher
son élève Ascanio. Ici se placent l'exécution d'un certain nombre de
travaux, dont quelques-uns ne nous sont point parvenus, tels le bassin
et l'aiguière d'argent du cardinal, la maquette de la fameuse salière d'or
que posséda plus tard François Ier, enfin la matrice du sceau du cardinal
de Ferrare.

Ce n'était pas la première fois que notre artiste se livrait du reste à ce
genre de travail [1], sur lequel il donne plus d'un détail et dans ses *Mémoires*
et dans son *Traité de l'orfèvrerie* : déjà, en 1528, il avait exécuté, à Mantoue, les sceaux du cardinal Hercule de Gonzague et de Frédéric de
Gonzague, marquis de Mantoue : le premier nous a été conservé, en
empreinte du moins : c'est un grand sceau elliptique, pointu à ses deux
extrémités, sur lequel, au-dessus des armes du cardinal, est figurée
l'Assomption de la Vierge. Le sujet répondait donc parfaitement au titre
du personnage, cardinal diacre de Sainte-Marie-Nouvelle ; quant à la
manière dont est traité un pareil sujet, singulièrement compliquée pour

1. Voir plus haut page 20.

un sceau, il faut bien avouer que, malgré la symétrie que Cellini a introduite dans sa composition, l'ensemble est un peu confus; on pourrait du reste faire le même reproche à beaucoup de sceaux du xvie siècle, en particulier à ceux de l'orfèvre Lautizio de Pérouse dont parle Benvenuto. Les Apôtres, dans différentes positions, sont rangés autour du tombeau de la Vierge; leurs attitudes théâtrales rappellent un peu l'imitation, quelquefois malheureuse, du style de Michel-Ange, qui préoccupe trop l'orfèvre florentin; la Vierge soutenue par un chérubin, les mains étendues, s'élève dans le ciel entre deux petits anges qu'on prendrait volontiers pour des amours. Enfin, autour de cette composition, se développe la légende du sceau. Bien inférieure comme arrangements décoratifs aux sceaux du xve siècle, cette œuvre contient en germe tous les défauts que nous retrouvons dans celui que Cellini exécuta pour le cardinal de Ferrare et dont une épreuve en plomb que possède le Musée de Lyon a été jadis découverte et publiée par notre savant confrère J.-B. Giraud.

La surface du sceau comprend trois sujets : en bas, d'abord, les armes du cardinal : écartelé de France et d'Este; à gauche, saint Ambroise à cheval chassant les Ariens à coups de fouet, allusion au titre d'archevêque de Milan que portait Hippolyte d'Este; à droite, la Prédication de saint Jean. C'est beaucoup pour remplir une surface ovale, à peine grande comme la paume de la main; c'est même trop si l'on remarque que les armoiries, elles aussi, sont accompagnées de personnages dont l'attitude n'a rien d'absolument religieux; que les premiers plans sont seuls distincts et que les spectateurs placés derrière la figure de saint Jean, passablement dégingandée, ne peuvent guère laisser voir que leurs têtes émergeant autour du rocher qui sert de tribune au précurseur. Ce n'est point là une œuvre capable de faire beaucoup d'honneur à Benvenuto et il faut espérer que ses pièces d'orfèvrerie, en particulier ses bassins et ses aiguières, offraient dans leur composition plus de netteté et plus d'entente de la décoration.

Si ce sont là les œuvres de ce genre qui nous soient authentiquement connues, il ne faut pas oublier que Cellini, il le dit lui-même, fit beaucoup d'autres sceaux. M. Eugène Müntz a retrouvé une pièce comptable qui prouve qu'il en exécuta deux pour la fabrique de Saint-Pierre en 1531 et nous avons été assez heureux pour mettre la main, dans une collection parisienne, celle de M. Piet-Lateaudrie, sur une épreuve en bronze doré d'un sceau qui pourrait bien être de notre artiste. Ce sceau qui ne porte pas de légende est cependant, grâce aux armoiries, assez facile à identifier ; c'est celui du cardinal Cybo, cardinal du titre de Sainte-Marie-*in-Navicella*[1]. On pourra juger, par la gravure que nous donnons de cette pièce unique, du style du travail. La composition symétrique rappelle un peu le sceau du cardinal de Gonzague : deux anges, debout aux extrêmités de la nacelle, encadrent une figure de la Vierge portant l'Enfant Jésus que surmonte la représentation de la Trinité. Les anges ressemblent à certaines sculptures florentines du xvᵉ siècle, mais les attitudes sont forcées, les plis de leurs tuniques trop abondants ; l'Enfant Jésus est trop grand et la Trinité n'est pas sans quelque analogie, au point de vue de la composition, avec le fameux bouton de chape exécuté par Cellini pour le pape ; les deux mascarons placés à droite et à gauche des armoiries montrent des préoccupations analogues à celles que révèlent les supports des armes du cardinal de Ferrare. Enfin, et ce serait une forte présomption en faveur d'une attribution à Cellini, il ne faut pas oublier que le cardinal Cybo Malaspina, neveu du pape Léon X, fut son protecteur et aussi son client puisqu'il lui fit faire une aiguière. Étant donné les autres sceaux gravés par Cellini, celui-là, s'il ne peut augmenter beaucoup son bagage artistique, est du moins une œuvre très honorable ; en tout cas il méritait d'être signalé.

Ces travaux exécutés pour le cardinal de Ferrare furent faits soit à Rome, soit à Ferrare même, où Benvenuto attendit les ordres du cardinal pour se rendre en France. Ce fut à Ferrare aussi qu'il exécuta le modèle d'un buste du cardinal, modèle qui ne paraît pas avoir été jamais fondu en bronze, et aussi peut-être une médaille du même personnage qu'on lui a assez souvent attribuée. En septembre 1540, Cellini vint rejoindre son protecteur à la Cour de France, à Fontainebleau ; présenté à François Iᵉʳ, notre Florentin put croire un instant qu'il avait enfin trouvé le protecteur qu'il jugeait nécessaire à son talent. Son caractère détestable devait, là aussi, faire naître quelques nuages ; et pourtant le roi de France était un souverain autrement traitable que Paul III.

1. Voir la gravure de ce sceau page 21.

CHAPITRE IV

L'arrivée de Benvenuto Cellini à la cour de François Ier est une date importante dans la vie de notre artiste. Il venait chez nous sous de bons auspices, suffisamment protégé et recommandé, précédé par une renommée déjà bien assise sur des travaux nombreux ; il y venait disposé à bien faire, mais sans avoir perdu rien de son incroyable orgueil ; il se croyait très sincèrement l'un des plus grands, ou plus exactement le plus grand artiste de son temps ; tout prêt à mettre son génie au service d'un roi magnifique dont le goût pour les arts avait encore été exagéré par toutes les fables qu'on devait raconter de lui au delà des monts, il était très décidé à se faire traiter en grand seigneur. En fait Cellini avait raison, car pour un génie universel, tel que Léonard de Vinci, attiré à la fin de sa vie à la cour de France, les Valois n'ont eu, en général, à leur disposition que des artistes de second ordre, ce que l'on pourrait appeler la menue monnaie de l'art italien. Rien d'étonnant à cela, du reste ; c'était la continuation, pour ainsi dire, d'une tradition ancienne : le roi René d'Anjou, Charles VIII et les autres princes français n'ont eu, en somme, à leur service, en fait d'artistes d'au delà des monts, que des médiocres. La chose se conçoit sans peine : à moins d'être comme Léonard une sorte de grand seigneur, dans une situation indépendante, travaillant à ses heures et à la besogne qui lui plaisait, on voit d'ici les hésitations qui devaient surgir en l'esprit d'un artiste de quelque talent au moment de quitter sa patrie pour se jeter dans l'inconnu, pour se mettre à l'étranger au service de quelque prince aussi difficile à contenter que les souverains italiens, auprès duquel toutes les jalousies devaient le desservir. Sans doute au service des papes, ou au service des

Médicis, tout n'était pas rose et Cellini plus que tout autre en a fait la
dure expérience; il n'est guère de déboire, c'est une justice à lui rendre,
qu'il n'ait connu; mais encore en Italie se sentait-il un peu chez lui,
toujours soutenu par une nuée d'admirateurs faisant contrepoids, souvent
très heureusement, aux mauvaises langues; à l'étranger, il n'en pouvait
réellement être de même : il fallait compter sur beaucoup d'imprévu, sur
des surprises que ne compensaient pas toujours les avantages matériels
d'une situation toujours un peu fausse. Cellini, en homme très fin et
très adroit, semble du premier coup avoir parfaitement compris la situation qui lui serait faite. S'il a pu un instant se laisser éblouir par le
mirage de cette cour de France si fastueuse dont il avait si souvent
entendu parler, il n'a point abdiqué son caractère : dès l'abord, tout en
se montrant reconnaissant pour le roi qui l'a appelé près de lui, en
affichant beaucoup de déférence pour le cardinal de Ferrare auquel
il doit sa liberté, il prend des mesures pour être libre dans ses mouvements et se faire traiter à sa juste valeur. Il a eu raison et l'on ne saurait
l'en blâmer; s'il a, pendant son séjour chez nous, parfois donné un peu
trop libre cours à son humeur brutale, on ne saurait le lui reprocher :
son indépendance était à ce prix. En revanche, on ne peut méconnaître
l'heureuse influence que ce séjour en France a eue sur le développement du talent de l'artiste. Quand il vint chez nous, Cellini était un
homme fait, il avait quarante ans et c'était un artiste complet. Mais en
Italie il n'avait pas eu l'occasion, dans le milieu un peu étouffé dans
lequel il se mouvait, de donner sa mesure; orfèvre il était avant tout,
c'est-à-dire un artiste destiné à de menus travaux, et orfèvre il serait
resté toute sa vie parce qu'à côté de lui se trouvaient d'autres personna-
lités auxquelles on songeait tout d'abord pour faire exécuter des œuvres
d'un caractère plus grandiose. En France, au contraire, Cellini, unique
en son genre, est chargé de commandes de toutes sortes qui lui per-
mettront, le forceront même à pratiquer des arts qu'il n'aurait pas pra-
tiqués en Italie, quelle que fût la haute opinion qu'il avait de lui-même;
il s'habitue à voir grand, il quitte le vêtement de l'orfèvre pour celui du
sculpteur. C'est en effet un sculpteur surtout qu'est Cellini à partir
de 1540; cette date est donc très importante dans sa vie; à ce moment se
termine nettement une période que l'on pourrait appeler d'incubation et
commence un nouvel âge; à son retour en Italie, alors que Cellini se
fixera définivement à Florence, prendra naissance une troisième période,

très caractéristique elle aussi. Et même, si nous ne possédions pas ces étonnants *Mémoires* qui sont comme une invite à s'occuper longuement des commencements de l'artiste, la vie de Cellini se réduirait en somme à deux périodes intéressantes : son séjour en France, marqué par l'exécution de la grande salière d'or et du grand bas-relief de bronze, la *Diane;* son séjour à Florence marqué par la fonte de la statue de *Persée* et la sculpture du *Christ* en marbre de l'Escurial. Si nous citons ces œuvres entre beaucoup d'autres qui sortirent des mains de l'artiste pendant la même période de temps, c'est que ces morceaux subsistent et permettent d'établir d'une façon absolument irréfutable quel fut le style adopté par l'artiste et quelles furent les modifications, qu'avec le temps, il jugea nécessaire d'introduire dans ce style.

Cette remarque faite, nous devons, pour un instant, rendre la parole à Cellini qui va nous introduire d'une pittoresque façon à la cour de François Ier, un prince chez lequel quelques réelles qualités ont pu faire pardonner bien des défauts; on peut voir, par les lignes qui suivent, combien les débuts furent difficiles, malgré toutes les précautions du cardinal de Ferrare, combien il s'en fallut de peu que notre Florentin ne reprît la route de sa patrie. L'or du roi très chrétien vint fort à propos calmer l'humeur irascible de ce véritable cerveau brûlé.

« Nous trouvâmes la cour du roi à Fontainebleau, et nous nous rendîmes chez le cardinal, qui nous fit aussitôt donner des logements; cette soirée se passa très bien. Le cardinal apprit alors notre arrivée au roi, qui voulut me voir sur-le-champ. Je me présentai à Sa Majesté avec le vase et l'aiguière. Dès que je fus en sa présence, je lui baisai les genoux : elle me releva avec une gracieuseté extrême. Je la remerciai de m'avoir délivré de prison, et je lui dis que de tels bienfaits étaient inscrits sur les livres de Dieu, avant les actions les plus méritoires, bien que tout prince, juste et bon comme lui, fût obligé de protéger les hommes de talent, surtout quand ils étaient aussi innocents que moi. Cet excellent roi m'écouta avec une rare bienveillance. Quand j'eus finis de parler, il prit le vase et l'aiguière et s'écria : « En vérité, je ne crois pas que les anciens aient « jamais rien produit d'aussi beau. Je me souviens d'avoir vu tous les « chefs-d'œuvre des meilleurs maîtres d'Italie, mais aucun ne m'a frappé « autant que celui-ci. »

« Ces choses, et d'autres beaucoup plus flatteuses encore, furent dites en français, par le roi, au cardinal de Ferrare. Il se tourna ensuite vers

moi, et me dit en italien : « Benvenuto, passez joyeusement quelques
« jours, amusez-vous et faites bonne chère. Pendant ce temps, nous son-
« gerons à vous faciliter les moyens d'exécuter quelque chef-d'œuvre. »
« Le cardinal de Ferrare reconnut que le roi était enchanté de mon arrivée, et que les petits ouvrages que j'avais montrés à Sa Majesté avaient suffi
pour qu'elle se promît de pouvoir réaliser les grands projets qu'elle nour-
rissait.

« Nous suivîmes la cour, non sans tribulations de tout genre, le train
du roi se composant toujours de plus de douze mille chevaux. En effet,
lorsque l'on est en paix et que la cour est complète, on y compte
dix-huit mille hommes. Parfois, nous campions dans des endroits où il
y avait à peine deux maisons; on dressait alors des baraques en toile à
l'instar des tzingaris, et souvent on avait beaucoup à souffrir. Je ne cessais de tourmenter le cardinal pour qu'il sollicitât le roi de m'envoyer
travailler, mais il me répondait que je n'avais rien de mieux à
faire que d'attendre que le roi s'en souvînt lui-même. Il me recommanda
aussi de me montrer quelquefois aux yeux de Sa Majesté. Je lui obéis et,
un matin, le roi m'appela près de lui pendant son dîner. Il me parla en
italien, et me dit qu'il ruminait de grandes entreprises; que bientôt il
m'indiquerait où je devais travailler; et qu'il pourvoirait à tous mes
besoins. Il ajouta ensuite une foule de choses qui me causèrent un vif
plaisir. Le cardinal de Ferrare était présent à cet entretien, parce qu'il
mangeait presque tous les matins à la petite table du roi. Lorsque Sa
Majesté se fut levée de table, il lui dit, comme on me le rapporta plus
tard : « Majesté sacrée, ce Benvenuto a une telle envie de travailler, que
« c'est presque un péché de faire perdre du temps à un artiste d'un si
« grand talent. » — Le roi lui répondit qu'il avait raison, et il le chargea de s'entendre avec moi sur les appointements que je désirais. Le cardinal, qui avait reçu cette commission le matin, m'envoya chercher le
soir, après souper, et m'annonça, de la part du roi, que Sa Majesté avait
résolu de me mettre à l'œuvre, mais qu'auparavant, elle voulait que je
susse quels seraient mes appointements. « Il me semble, continua-t-il,
« que si Sa Majesté vous donne trois cents écus par an, vous pourrez très
« bien vous en tirer. Du reste, reposez-vous sur moi du soin de vos
« intérêts; car chaque jour il se présente d'admirables occasions dans ce
« grand royaume, et je ne manquerai jamais de vous servir de tout mon
« pouvoir. » — « Quand Votre Seigneurie révérendissime, lui répondis-je,

« me laissa à Ferrare, elle me promit, sans que je l'en priasse, de ne me
« faire quitter l'Italie qu'après m'avoir instruit des conditions auxquelles
« je devais entrer au service de Sa Majesté. Au lieu d'observer cet enga-
« gement, Votre Seigneurie m'a envoyé l'ordre exprès de partir en poste,
« comme si mon art se professait au galop. Si Votre Seigneurie m'avait
« parlé de trois cents écus, je lui aurais appris que je ne me serais pas
« bougé pour six cents. Quoi qu'il en soit, je rends grâces au ciel et à
« Votre Seigneurie révérendissime, qui a été l'instrument choisi par
« Dieu pour me tirer de prison. C'est pourquoi je déclare à Votre Sei-
« gneurie que, si grand que soit le tort qu'elle me cause maintenant, il
« n'équivaut pas à la millième partie de l'immense bienfait que j'ai reçu
« d'elle. Je la remercie donc de tout mon cœur et, en prenant congé
« d'elle, je lui promets que, partout où je serai et tant que je vivrai, je
« prierai Dieu pour elle. » — « Và où tu voudras, s'écria le cardinal
« irrité, on ne peut faire du bien à un homme malgré lui. »

« Certains parasites, qu'il traînait à sa suite, ne manquèrent pas de
dire : « Il se croit donc un bien grand personnage, qu'il refuse trois cents
« écus par an ! » — Mais en revanche, on leur répliqua : « Le roi ne trou-
« vera jamais un artiste de ce mérite, et notre cardinal veut le marchan-
« der comme un fagot. »

Peu s'en fallut qu'encore une fois Cellini ne retournât aussitôt en
Italie ; il en avait même déjà pris le chemin, quand le roi, sans doute
instruit par le cardinal du peu de succès des premières négociations,
envoya à sa poursuite. Notre orfèvre ne poussa pas plus loin sur la route
de Jérusalem — il s'était mis en tête d'aller visiter le Saint Sépulcre — et
entra au service de François Ier aux appointements de sept cents écus par
an, c'est-à-dire au même prix que jadis Léonard de Vinci. Dans ces conditions, ce fut marché conclu. Cellini s'installa à Paris avec ses deux
élèves, Paolo et Ascanio, dans une maison du cardinal de Ferrare et, en
attendant que le roi disposât en sa faveur d'un atelier plus commode,
se mit incontinent à travailler.

Nous ne savons pas au juste quel fut le premier travail que Cellini
exécuta pour François Ier, mais si nous nous en fions aux *Mémoires*, ce
dut être l'une des douze statues d'argent, six dieux et six déesses, destinées à servir de candélabres, que le roi paraît lui avoir commandées
aussitôt après avoir reçu l'aiguière et le bassin de vermeil que Cellini
avait faits, en Italie, primitivement pour le cardinal de Ferrare. Quoi

qu'il en soit, il composa dès le début de son séjour en France quatre
modèles en ciré de quatre de ces statues ; une seule d'entre elles, on le
sait, fut exécutée, celle de Jupiter. L'installation de Cellini à Paris, du
reste, ne se fit point sans difficultés. En venant en France, l'artiste n'avait
point changé de caractère ; les cachots du château Saint-Ange n'avaient
pas modifié cet homme intraitable qui ne reculait devant aucune difficulté et, au besoin, les faisait naître. En quête d'un atelier, il jeta son
dévolu sur l'hôtel du Petit-Nesle, vaste construction bien située, suffisamment proche du Louvre, et dont il rêvait de se faire une habitation ;
il pourrait y installer ses élèves, de vastes ateliers, et aussi y jouir en
liberté des libéralités du roi Très Chrétien. Bien que les documents
concernant l'occupation ou plutôt la prise de possession du Petit-Nesle
par Cellini, n'aient pu être retrouvés en entier, il y a tout lieu de croire
que ce qu'il dit dans les *Mémoires* est exact. Ce fut en conquérant qu'il
entra dans la place ; il est même à peu près certain que le roi se fit un
malin plaisir de voir comment le Florentin délogerait les anciens loca-
taires de l'hôtel qui, au demeurant, avaient autant de titres que lui à
l'habiter. Cellini a raconté lui-même une partie de ses tribulations :

« Sur ces entrefaites, le roi vint à Paris. Je m'empressai d'aller le
trouver avec mes ouvriers Ascanio et Pagolo et de lui porter mes modèles.
Il en fut très content, et il me recommanda de commencer par exécuter
en argent le Jupiter de la dimension convenue. Je présentai alors à Sa
Majesté mes deux jeunes gens en lui disant que je les avais amenés
d'Italie pour son service, parce qu'étant mes élèves, ils devaient m'aider
beaucoup mieux que les ouvriers de Paris. Le roi m'approuva, et me dit
de leur fixer moi-même un salaire. Je répondis que cent écus d'or pour
chacun d'eux seraient suffisants, et que je saurais leur faire bien gagner
cet argent. Ce fut chose conclue. J'appris ensuite au roi que j'avais
trouvé un emplacement qui me semblait convenir parfaitement à mes
travaux. — « Cet endroit, continuai-je, se nomme le Petit-Nesle et ap-
« partient à Votre Majesté qui l'a cédé au prévôt de Paris ; mais comme
« celui-ci ne l'utilise point, Votre Majesté peut le donner à moi qui en
« tirerai bon parti pour votre service. » — « Ce château est à moi, répliqua
« le roi, et je sais très bien que celui à qui je l'ai laissé ne l'habite point.
« Ainsi donc prenez-le pour vos travaux. » — « Et aussitôt il enjoignit à un
de ses lieutenants de m'en mettre en possession. Cet officier lui repré-
senta que cela était impossible ; mais le roi se fâcha et déclara qu'il enten-

dait donner son bien à qui bon lui semblait, et surtout aux gens qui travaillaient pour lui ; que ce château ne servait à rien, et enfin qu'il voulait qu'on ne lui parlât plus de cela. Le lieutenant ajouta qu'il faudrait employer un peu de force. — « Allez, allez, s'écria le roi, et si un peu de « force ne suffit pas, employez-en beaucoup. » — Le lieutenant me conduisit alors au Petit-Nesle. Il fut en effet obligé d'avoir recours à la force pour m'y installer. Il m'avertit ensuite de bien me tenir sur mes gardes si je désirais ne point être tué. Dès que j'eus pris possession du château, je m'entourai de domestiques et j'achetai une grande quantité d'armes d'hast. Pendant quelques jours, j'eus à subir de rudes tribulations, car le prévôt de Paris étant un personnage très puissant, tous les autres gentilshommes m'étaient hostiles et m'accablaient de tant d'insultes que je ne pouvais y résister. Je noterai qu'à l'époque où j'entrai au service de Sa Majesté, nous nous trouvions en 1540, et que, par conséquent, j'avais précisément quarante ans.

« Abreuvé d'insultes, j'allai supplier le roi de m'établir ailleurs. « Qui êtes-vous ? s'écria-t-il, et comment vous nommez-vous ? » — Ma stupéfaction fut complète ; je ne savais ce que cela pouvait signifier. Comme je ne soufflais mot, le roi, presque en colère, me répéta les mêmes demandes. Je lui dis alors que je m'appelais Benvenuto. — « Eh bien ! « répliqua le roi, si vous êtes ce Benvenuto dont j'ai entendu parler, agissez « selon votre coutume, je vous en donne pleine liberté. » — Je répondis à Sa Majesté que du moment qu'elle me promettait la conservation de ses bonnes grâces, je ne m'inquiétais nullement du reste. — « Allez donc, « reprit le roi en riant sous cape, mes bonnes grâces ne vous manqueront « jamais. »

On conçoit qu'aussi bien encouragé, Cellini eut bien vite fait de lever tous les obstacles et de se débarrasser des voisins qu'il déclarait incommodes. Il serait trop long ici d'entrer dans tous les détails d'une affaire qui n'apprendrait rien de nouveau sur le compte de l'artiste et qui se termina en somme suivant son désir : François Ier ne semble jamais avoir été effrayé outre mesure de ses manières un peu brusques ; les preuves les plus décisives que l'on puisse donner de l'extrême bon vouloir qu'il lui témoigna toujours sont, outre le récit des *Mémoires*, les lettres de naturalisation accordées à l'artiste (juillet 1542) et plus tard la donation qui lui fut faite du Petit-Nesle (15 juillet 1544) ; ce sont là des documents sans réplique qui montrent que même au moment où Cellini, en somme assez mécontent de son séjour en France, songeait déjà à retourner en Italie, le roi en usait très libéralement avec lui.

Benvenuto nous a laissé la description d'une des visites faites par François Ier à son atelier ; le morceau est à citer en entier, car rien ne vaut ce récit qui contient du reste des indications précieuses sur une des plus intéressantes œuvres du maître, la salière d'or aujourd'hui conservée à Vienne, et sur les circonstances qui accompagnèrent la commande de cette œuvre d'art.

« Sur ces entrefaites, le roi vint à Paris. J'allai le visiter. Dès qu'il m'aperçut, il m'appela gaiement et me dit que si j'avais dans mon atelier quelque chose de beau à lui montrer il s'y rendrait. Je lui expliquai tout ce que j'avais fait, ce qui redoubla sa curiosité. Après son dîner, il emmena avec lui Mme d'Etampes, le cardinal de Lorraine, plusieurs seigneurs, entre autres son beau-frère le roi de Navarre, la reine sa sœur, le dauphin et la dauphine, et enfin toute l'élite de la noblesse de la cour. J'étais rentré chez moi et je m'étais mis à travailler. Lorsque le roi fut arrivé à la porte de mon château, ayant entendu le bruit des marteaux, il recommanda à sa suite de ne point souffler mot. Comme tous mes gens étaient à leur besogne, je fus surpris par le roi à l'instant où je l'attendais le moins. Il entra dans ma grande salle et je fus le premier qu'il aperçut. Je tenais à la main une grande plaque d'argent qui devait me servir à fabriquer le corps de mon Jupiter. Un de mes ouvriers martelait la tête, un autre les jambes, de sorte que nous produisions un bruit épouvantable. A ce moment, un petit apprenti français ayant commis je ne sais quelle sottise, je lui donnai un coup de pied qui l'atteignit heureusement au bas des reins, et l'envoya à plus de quatre brasses, de façon qu'il alla tomber sur Sa Majesté quand elle entra. Cet accident me remplit de confusion, mais le roi s'en amusa beaucoup. Il me demanda d'abord ce que je faisais et exigea que je continuasse. Puis il me dit qu'il aimerait infiniment mieux que je ne misse point moi-même la main à l'œuvre et que je prisse tous les auxiliaires nécessaires pour travailler sous ma direction, parce qu'il voulait que je me conservasse en bonne santé afin de le servir plus longtemps. Je répondis à Sa Majesté que si je ne travaillais pas je tomberais de suite malade, et que l'ouvrage ne serait point tel que je désirais qu'il fût pour Sa Majesté.

« Le roi, satisfait de mes ouvrages, ne regagna son palais qu'après m'avoir comblé de tant de faveurs, qu'il serait trop long d'en rendre compte. Le lendemain, il m'envoya chercher pendant son dîner. Le cardinal de Ferrare était assis à sa table. Quand j'arrivai, le second service n'était pas encore enlevé. Dès que je fus près de Sa Majesté, elle me dit que le beau bassin et le beau vase qu'elle avait de ma main avaient besoin d'être accompagnés d'une salière, et qu'elle voulait que je lui en fisse un dessin. Elle ajouta que le plus tôt serait le mieux. — « Votre « Majesté, répondis-je, verra ce dessin plus promptement qu'elle ne le « croit, car, tandis que j'exécutais le bassin, je pensais qu'il lui faudrait « une salière pour pendant. Mon dessin est donc prêt, et si Votre Ma- « jesté le désire, je le lui montrerai de suite. » — Le roi, agréablement surpris, se tourna alors vers le roi de Navarre, le cardinal de Lorraine et le cardinal de Ferrare, en s'écriant : « Voilà un homme qui mérite vrai- « ment d'être aimé et recherché de tous ceux qui le connaissent ! » — Puis, il me dit qu'il verrait mon dessin avec plaisir. Je partis, et je fus bientôt de retour, car je n'avais que la Seine à traverser. J'apportai un modèle en cire que j'avais fait autrefois à Rome, à la demande du cardinal de Ferrare. Lorsque je le montrai au roi, il manifesta un profond étonnement et s'écria : « Cet ouvrage est cent fois plus divin que je ne « l'aurais imaginé ! Quel homme merveilleux ! il ne doit jamais se « reposer. » — Il me dit ensuite, avec un visage rayonnant de joie, que ce modèle lui plaisait infiniment, et qu'il voulait que je l'exécutasse en or. Le cardinal de Ferrare, qui était présent, me regarda en face et me donna à entendre qu'il reconnaissait ce modèle pour celui que je lui avais fait à Rome. Alors je lui rappelai que je lui avais promis d'exécuter cet ouvrage pour celui qui en serait digne. Le cardinal se souvint de mes paroles ; convaincu que j'avais voulu le mortifier, il en fut irrité. — « Sire, dit-il, ce travail est énorme ; je n'ai qu'une crainte, c'est de ne « jamais le voir terminé. Ces habiles artistes, qui ont de grandes idées, « commencent volontiers à les mettre à exécution, mais sans songer « quand et comment ils les mèneront à fin. Si je commandais un ouvrage « de cette importance, je serais curieux de savoir quand il serait achevé. » — Le roi répondit que, si l'on se préoccupait ainsi de la fin des choses, on ne commencerait jamais rien. La manière dont il s'exprima indiquait qu'il pensait que de telles entreprises réclamaient des hommes d'élite. — « Quand les princes, dis-je alors, encouragent leurs serviteurs comme « Votre Majesté, tout est facile ; et puisque Dieu m'a accordé un si admi- « rable patron, j'espère que je pourrai mener à bonne fin de grands et

« magnifiques ouvrages pour Votre Majesté. » — « Je n'en doute point »,
me répondit le roi en se levant de table. Puis il me mena dans sa chambre
et me demanda combien il fallait d'or pour cette salière. — « Mille écus »,
lui dis-je. Aussitôt le roi appela son trésorier, qui se nommait le vicomte
d'Orbec, et lui ordonna de me remettre sur-le-champ mille écus en vieil
or et de bon poids. »

Bien que le séjour de Cellini en France n'ait pas duré un grand
nombre d'années, il faut avouer qu'il n'y perdit point son temps et y
accomplit un nombre de travaux qui eût suffi pour ainsi dire à remplir
la vie d'un artiste. Aussi bien autour de lui avait-il de nombreux
ouvriers ; sans parler de Paolo et d'Ascanio, ses élèves, il dit lui-même
qu'il employait d'autres Italiens, des Français et même des Allemands ;
sous la direction d'un chef d'atelier aussi actif que lui, on conçoit sans
peine que la besogne devait vite avancer.

Indépendamment d'ouvrages sur lesquels nous manquons de détails,
tels qu'un buste de Jules César, imité de l'antique, un buste de femme
qu'il appela *Fontainebleau*, œuvres à jamais perdues, qu'il fondit au
Petit-Nesle, en dehors de menus travaux et de la statue de Jupiter, qui
fut menée à terme, Cellini fit à Paris la fameuse salière d'or, *la Nymphe
de Fontainebleau*, en bronze, et le modèle colossal d'une statue de Mars.
C'est dans l'étude de la salière et du bas-relief représentant la nymphe
que l'on peut rechercher surtout la caractéristique des œuvres de
Cellini ; car pour les autres figures, nous en sommes réduits aux conjec-
tures ; il nous suffira donc d'en dire quelques mots.

Une fois terminée, la statue de Jupiter fut placée à Fontainebleau,
dans la longue galerie à laquelle le nom de François Ier est demeuré
attaché. Elle plut beaucoup, bien qu'elle fût exposée dans le voisinage
des très beaux bronzes fondus sous la direction du rival de Cellini, le
Primatice, avec lequel déjà plus d'une fois il s'était trouvé en concurrence
et que protégeait la duchesse d'Étampes. Ce fut même lors du placement
de cette statue que l'irritable duchesse montra d'une manière peu
déguisée le peu d'estime qu'elle avait pour le Florentin. Cellini du reste
lui rendait bien cette inaffection qui se traduisit plusieurs fois par de
mauvais procédés employés en sourdine de part et d'autre. A dire vrai,
l'orfèvre avait un peu négligé de faire sa cour et le jour où il s'aperçut
de son erreur il était déjà trop tard. Avec un entêtement tout féminin,
la duchesse ne fit-elle point attendre toute une journée dans son anti-

LA NYMPHE DE FONTAINEBLEAU.

Bas-relief en bronze par Benvenuto Cellini — (Musée du Louvre.)

chambre, sans le recevoir, l'artiste qui venait lui faire hommage d'un vase d'argent? On conçoit qu'un procédé pareil n'était guère fait pour rendre de la souplesse à Cellini; en cette occasion il est probable que s'il s'était trouvé seul à seul avec la duchesse, il lui eût dit son fait, accompagné peut-être de quelques-uns de ces arguments irrésistibles, coups de poing ou coups de pied dont Cellini a toute sa vie accompagné ses relations avec le beau sexe. Mais Mme d'Étampes ne fut point si sotte que de s'y exposer, et, furieux, l'orfèvre courut chez le cardinal de Lorraine pour lui offrir le vase que la favorite avait refusé. A partir de ce moment la guerre fut déclarée et quand Cellini présenta le *Jupiter* au roi, la duchesse insista tellement sur les défauts de l'œuvre, que François Ier vit bien ce qu'il en était et se montra d'autant plus aimable.

On ne possède aucun dessin de la statue de Jupiter; néanmoins étant donné que Cellini a eu encore une fois à représenter ce Dieu dans les ornements du piédestal du *Persée*, et que d'ailleurs l'attitude de la figure nous est indiquée par Cellini lui-même, il n'est pas impossible de se faire une idée de cette œuvre. Jupiter debout tenait de la main droite la foudre et de la gauche le globe du monde. Sur le socle de bronze, alors que la statue était d'argent en partie doré, deux bas-reliefs représentant l'*Enlèvement de Ganymède*, *Léda et le Cygne*. Haute de plus de deux mètres, on comprend sans peine qu'une pareille statue dut absorber beaucoup de métal; son poids explique de reste qu'elle ne soit pas parvenue jusqu'à nous; il est fort probable même qu'elle disparut avant la fin du xvie siècle.

La figure colossale de Mars dont Cellini éleva le modèle dans le jardin du Petit-Nesle, ne fut jamais, bien entendu, terminée et demeura encore à l'état d'ébauche abandonnée longtemps après le départ de l'artiste pour l'Italie. Ce colosse avait été destiné par Cellini à couronner une immense fontaine accompagnée de quatre autres figures symbolisant les Lettres, les Arts du dessin, la Musique et la Libéralité. Ce qui avait donné à l'artiste florentin l'idée de ce projet, c'était l'intention du roi d'élever une fontaine monumentale dans le jardin de Fontainebleau. Cellini avait voulu faire grand et voulait donner à sa figure de Mars cinquante-quatre pieds de haut. Ce fut à cette échelle que le modèle en fut exécuté. Mais le Florentin avait compté sans Mme d'Étampes qui lui fit enlever ou à peu près la commande pour la faire donner au Primatice et le colosse demeura inemployé dans le

jardin du Petit-Nesle. Doit-on beaucoup le regretter ? Cela est douteux ;
la sculpture colossale de la Renaissance a été rarement bonne et il est
fort probable que la figure modelée par Benvenuto n'échappait pas à
la régle générale. L'attitude, d'après la description qui nous en a été
conservée, était tout à fait inspirée par des projets de Michel-Ange et, une
œuvre de cette taille, il n'est pas bien sûr que Michel-Ange lui-même
eût pu la mener à bien ; à plus forte raison notre orfèvre dont la faiblesse
comme sculpteur s'est bien montrée dans le grand bas-relief destiné à
la décoration de la porte du château de Fontainebleau.

On sait quelles ont été les destinées successives de ce grand bas-relief
de bronze, aujourd'hui conservé au Louvre.

Cellini en parle longuement dans ses *Mémoires* et explique les
accessoires dont il devait l'entourer : « Je m'étais d'abord occupé de la
porte du palais de Fontainebleau qui, suivant leur mauvais style français,
était large et basse, presque carrée et surmontée d'un hémicycle en anse
de panier, dans lequel le roi désirait que l'on représentât la nymphe de
Fontainebleau. Afin d'altérer le moins possible l'ordre de cette porte,
je me contentai de lui donner une belle proportion et de rectifier
l'hémicycle qui se trouvait au-dessus. J'ornai les côtés d'élégants ressauts,
posés sur une console qui correspondait à un chapiteau que j'avais établi
dans le haut ; puis je remplaçai par deux satyres, presque en ronde bosse,
les deux colonnes que semblait réclamer cette disposition architecturale.
D'une main, un de ces satyres paraissait soutenir le chapiteau ; de l'autre
main, il tenait une énorme massue. Son air était fier et menaçant,
comme pour effrayer les spectateurs. Le second satyre avait la même
attitude, mais il différait du premier par la tête et plusieurs accessoires.
Il était armé d'une escourgée, formée de trois boules retenues par des
chaînes. Je nommai ces personnages des satyres ; néanmoins, ils n'avaient
de commun avec ces êtres fabuleux que des petites cornes et une physionomie semblable à celle du bouc. Tout le reste de leur corps avait la
forme humaine. Dans l'hémicycle, j'avais représenté une femme cou-
chée dans une belle attitude. Son bras gauche était appuyé sur le cou d'un
cerf, pour rappeler une des devises du roi. D'un côté, j'avais modelé en
bas-relief des chevreuils, des sangliers et d'autres animaux sauvages, et,
de l'autre côté, des chiens braques et des lévriers de différentes espèces,
par allusion aux productions de la magnifique forêt où naît la fontaine.
Cette composition était renfermée dans un carré oblong, dont chaque

angle supérieur contenait une victoire en bas-relief, portant une torche, ainsi que les représentent les anciens. Au-dessus du grand bas-relief, j'avais placé une salamandre, devise favorite du roi, et une foule d'autres ornements, en harmonie avec le reste de l'ouvrage qui était d'ordre ioni- que. »

Quand Cellini quitta la Cour de François Ier en 1545, la *Nymphe* seule, sur la fabrication technique de laquelle il s'étend complaisamment, était terminée; en 1547, à la mort du roi, le bas-relief n'était pas encore placé au-dessus de la porte de Fontainebleau, et Henri II en fit présent à Diane de Poitiers qui le fit mettre au château d'Anet, au-dessus de la porte d'entrée. C'est de là qu'il revint pendant la Révolution pour occuper d'abord la partie supérieure de la tribune de Jean Goujon dans la salle des cariatides, au Louvre; en 1849, on remplaça par un moulage l'original qui alla prendre place dans une salle de la sculpture de la Renaissance. Une seule chose est à regretter dans ces déplacements successifs; si aujour- d'hui l'œuvre de Cellini est très visible et en excellente lumière dans la *Salle de Michel-Ange*, il faut cependant tenir compte, en portant un juge- ment sur elle, de ce qu'elle n'est point éclairée comme elle l'eût été à Fontainebleau, et le jour frisant qu'elle reçoit est plus fait pour en accen- tuer les défauts que pour en faire ressortir les qualités.

Considérée sans parti pris, l'œuvre capitale exécutée par Benvenuto Cellini en France, la *Nymphe de Fontainebleau* apparaît comme une œuvre médiocre, comme une tentative avortée de l'orfèvre pour s'élever au niveau du sculpteur. On y retrouve tous les défauts qu'il est bien facile de relever dans la salière de Vienne, mais on n'y rencontre point les mêmes qualités d'exécution. D'un dessin pitoyable, au moins en ce qui touche la figure principale, ce dessus de porte aurait produit, une fois mis à la place pour laquelle l'artiste l'avait conçu, le plus misérable effet. Je sais bien qu'on a dit, et je l'ai dit moi-même plus haut, que cette œuvre, telle qu'elle est exposée au Louvre, était éclairée d'une façon défectueuse; que, recevant le jour par en-dessous, pour ainsi dire, elle ne pouvait produire le même effet que si la lumière la frappait du haut et de face; ce sont là des arguments bien faibles pour racheter les défauts trop visibles d'un bronze d'une qualité bien inférieure à ce qu'ont produit maints sculpteurs florentins du xvie siècle; et il ne faut pas oublier non plus que ceux qui prêchent les circonstances atténuantes en faveur de cette erreur de Cellini essaient trop visiblement de nous donner le change en disant que ce bas-relief destiné à un emplacement spécial ne pourrait avoir sa valeur significative que dans cet emplacement, que dès lors il serait injuste de porter sur lui un jugement définitif. Tous ceux qui connaissent la porte de Fontainebleau dont il devait orner le tympan, tous ceux qui en ont conservé dans l'œil les proportions assez modestes et qui sont assez familiarisés avec les œuvres de la Renaissance pour se figurer par la pensée les accessoires dont Cellini projetait d'accompagner son bas-relief s'inscriront en faux contre un pareil jugement. Mis à la place qu'il devait occuper, le bronze de Cellini eût produit un médiocre effet ; ornement hors de proportion, il eût formé une préface colossale et grotesque au monument qu'il devait orner, conçu suivant un autre style et à une échelle toute différente. Quand on considère le bas-relief dont la composition n'est pas au fond mauvaise, mais fort peu originale, on se prend à moins regretter la perte de la statue de *Jupiter* en argent et surtout la disparition du colosse de *Mars* destiné à la décoration d'une fontaine. Le *Jupiter* devait être fort analogue comme attitude et comme mouvement à la figure qui décore le socle du *Persée* et c'est une sculpture d'un charme très contestable ; le *Mars*, par ses proportions elles-mêmes, ne devait pas non plus être exempt de défauts, bien que son attitude, autant que nous pouvons en juger par les descriptions, fût plus calme. Bref, ces premiers essais de Cellini pour faire de la grande sculpture — jusque-là il n'avait fait que des bustes — ne furent pas heureux ; à vrai dire c'est la partie la plus criticable de l'œuvre du Florentin, et une seule de ses créations, le *Persée*, montre de réelles qualités jointes à quelques-uns des défauts de l'orfèvre que nous permet de connaître la salière de Vienne.

Au point de vue technique, l'examen de la *Nymphe de Fontainebleau* n'est guère favorable, et même, pour qui voudrait y puiser des arguments contre la véracité des *Mémoires* de Cellini, il y aurait beau jeu ; heureusement que nous avons d'autres moyens, et fort nombreux, pour faire la critique d'un document de cette importance. Mais il n'en est pas moins vrai que la fonte de la *Nymphe* n'est pas un chef-d'œuvre, que c'est une cire perdue comme nous l'annonce Cellini, mais une cire en plusieurs morceaux dont l'exécution au point de vue technique trahit beaucoup d'inexpérience. A tout prendre, Cellini, en rendant hommage aux fondeurs français qui coulèrent en bronze les admirables figures auxquelles le nom du Primatice est resté attaché, ne faisait qu'un acte de justice et avouait implicitement son inhabileté à mener à bien, d'une façon cer-

taine, une fonte de bronze de quelque importance. Il prit sa revanche
plus tard à propos du *Persée*, mais non cependant sans craindre beaucoup pour l'issue de l'opération.

On trouvera peut-être notre jugement sévère ; mais, à dire vrai, nous
n'avons jamais considéré la réputation de Cellini comme établie sérieu-
sement ni sur ses œuvres authentiques, ni sur celles, en trop grand
nombre, qui lui ont été attribuées ; c'est sur ses écrits qu'est fondée sa
gloire et s'il faut reconnaître aujourd'hui que dans la plupart des cas le
contexte de ses ouvrages a résisté à un examen critique, minutieux et
approfondi, si la plupart des faits qu'il rapporte ont pu être vérifiés,
l'historien de l'art a toute latitude pour apprécier à sa manière le mérite
des œuvres dont il nous raconte la genèse. Cellini fut un orfèvre de premier ordre à une époque où s'était produite entre les différentes branches
de l'art une véritable séparation ; on n'en était plus à l'heureuse époque
où l'étude de l'orfèvrerie menait à tout, où peintres et sculpteurs débu-
taient dans la pratique de leur art en ciselant un calice ou le décorant
d'émaux. Le divorce entre les arts était définitivement prononcé. Par
goût, par curiosité d'esprit, par soif de connaître toutes les techniques,
par nécessité aussi de contenter les désirs d'amateurs plus ou moins
éclairés qui croyaient tous les artistes aptes à toutes besognes, par envie
de montrer sa virtuosité, Cellini, et c'est là ce qui l'a perdu, a toute sa
vie été amené à forcer son talent ; il a voulu produire des œuvres de
grande envergure et s'élever à un niveau artistique supérieur ; sauf en
une ou deux heureuses rencontres ses ailes n'ont pu le porter si haut et
il est retombé très bas, ce qui était facile à prévoir. Ses sculptures sont
des figures bonnes à décorer des salières et... sa salière est trop une
sculpture. Etre aussi bien doué et forcer ainsi son talent, c'est une faute
très lourde pour un artiste ; mais Cellini, n'ayant jamais pu garder la
mesure en quoi que ce fût, devait forcément verser dans ce défaut.

Disons maintenant quelques mots de la salière d'or, œuvre contem-
poraine de l'exécution de la *Nymphe* et qui par conséquent doit, dans
certaines parties du moins, révéler les mêmes tendances. On sait que ce
monument somptueux est aujourd'hui conservé à Vienne. Il fit partie du
trésor royal de France jusqu'à l'époque du mariage de Charles IX avec
Elisabeth, fille de l'empereur Maximilien II (1570) ; à cette époque ce
monument, décrit sommairement dans l'inventaire du trésor de Fontainebleau en 1560, fut offert en présent à l'archiduc Ferdinand et devint un

SALIÈRE EN OR,

par Benvenuto Cellini. — (Trésor impérial de Vienne.)

des ornements du château d'Ambras, près d'Innsbrück, dont les collections furent successivement, toutes ou à peu près toutes, transportées à
Vienne. Ce n'est que dans ce siècle-ci que l'identité du monument du
trésor impérial de Vienne avec l'œuvre de Cellini a été reconnue et
établie d'une façon irréfutable, chose d'autant plus invraisemblable qu'en
l'absence de documents d'archives tels que ceux qu'ont mis au jour
M. Joseph Arneth ou M. Eugène Plon, la description donnée par Cellini suffit amplement à justifier cette attribution. A dire, vrai la description diffère par quelques détails du monument lui-même, mais ce sont
des différences sans importance : quelque changement dans l'attitude
des mains des deux personnages et c'est tout ; aussi je ne m'attarderai
pas à faire une description du monument et je laisserai la parole à
Cellini.

« Tout en m'occupant de cet ouvrage (la Nymphe), je consacrais
chaque jour quelques heures au Jupiter et à la salière. Comme la plupart
de mes ouvriers étaient bien plus capables de travailler à cette dernière,
elle ne tarda pas à être terminée. Je la portai aussitôt au roi qui était
revenu à Paris. Ainsi que je l'ai noté plus haut, cette salière était de
forme ovale, toute en or ciselé, et avait environ deux tiers de brasse de
dimension. En parlant du modèle, j'ai déjà dit que j'avais représenté
l'Océan et la Terre, assis tous deux, les jambes entrelacées, par allusion
aux golfes qui pénètrent dans les terres et aux caps qui s'avancent dans
la mer. J'avais placé un trident dans la main droite de l'Océan, et dans la
gauche une barque d'un travail exquis, destinée à recevoir le sel. Au-
dessous du dieu étaient quatre chevaux marins, qui n'avaient du cheval
que la tête, le poitrail et les jambes de devant. Les queues de poisson qui
terminaient leurs corps s'entremêlaient gracieusement. L'Océan était
assis sur ce groupe dans une attitude remplie de fierté. Une foule de
poissons et autres animaux marins nageaient autour de lui et fendaient
des vagues recouvertes d'un émail exactement de la couleur de l'eau. La
Terre, sous les traits d'une belle femme nue, tenait de la main droite
une corne d'abondance et de la gauche un petit temple d'ordre ionique,
délicatement ciselé, propre à renfermer le poivre. Au-dessous de cette
figure étaient rassemblés les plus beaux animaux que produise la terre.
Une partie des rochers qui se trouvaient près d'elle était émaillée ; j'avais
laissé l'autre en or. Ce groupe était encastré dans une base d'ébène, dans
l'épaisseur de laquelle j'avais ménagé une doucine ornée de quatre figu-

rines d'or en demi-relief. Elles représentaient la Nuit, le Jour, le Crépuscule et l'Aurore, et étaient séparées l'une de l'autre par les quatre Vents principaux, ciselés et émaillés avec tout le soin et le fini imaginables. Quand je mis cette salière devant les yeux du roi, il poussa un grand cri d'étonnement et ne put se lasser de la contempler. Il m'ordonna ensuite de la garder chez moi jusqu'à ce qu'il me dît ce que je devais en faire. Je la remportai donc. J'invitai de suite plusieurs de mes intimes amis à un dîner qui fut des plus gais, et où la salière figura au milieu de la table ; nous fûmes les premiers à nous en servir. Après la salière, je continuai de travailler au *Jupiter* d'argent et à un grand vase enrichi d'élégants ornements et d'une foule de figures dont j'ai déjà parlé. »

On trouvera ici une reproduction de la salière qui me dispensera d'en faire une description minutieuse ; aussi bien cette description, qui devrait être fort longue pour être exacte, ne donnerait qu'une idée bien imparfaite du monument ; sur l'image, pour en avoir une idée tant soit peu conforme à la vérité, il faut rétablir d'abord la teinte du métal employé, plus les émaux et les pierreries.

La salière d'or est pour nous autres l'œuvre capitale de Cellini considéré comme orfèvre, puisque toutes les autres œuvres dans ce genre ont disparu. Envisagé comme travail d'orfèvrerie, au point de vue de la finesse des détails, de l'habileté de l'exécution, elle n'est pas supérieure aux joyaux de même genre que nous a légués le xvie siècle ; je dirai même que, sous ce rapport, s'il est possible de faire des comparaisons, Cellini se montre plutôt inférieur — non pas aux Français, car les œuvres françaises ont disparu depuis longtemps — mais aux Allemands. Ces derniers, si le goût leur fait souvent défaut, s'ils surchargent leurs pièces d'ornements qui en altèrent la forme loin de l'embellir, font, du moins, preuve d'une virtuosité technique bien difficile à atteindre, à plus forte raison à surpasser. Les orfèvres allemands de la seconde moitié du xvie siècle, les artisans de Nuremberg, d'Augsbourg ou de Munich ont, du reste, joui de leur vivant d'une renommée qui compense un peu l'injuste oubli dans lequel ils sont tombés plus tard, alors que leurs principaux chefs-d'œuvre ont été, à l'envi, attribués au maître florentin. Sous le rapport de la sculpture, et la sculpture joue un grand rôle dans la salière, le rôle principal même, les tendances qui furent celles de toute la vie de Cellini s'y manifestent clairement. A côté d'un goût exagéré pour l'allongement des formes, qualité ou défaut commun à tous les artistes de son temps, Cellini se montre imitateur passionné de Michel-Ange, et son imitation va presque jusqu'au plagiat. Les figures qui ornent la base de son monument sont directement inspirées par les marbres de la cha-pelle des Médicis, et le Florentin ne se serait sans doute point formalisé d'un rapprochement qui dut s'imposer à tous les Italiens qui virent la fameuse salière. Mais ce qu'il copie dans Michel-Ange, ce sont surtout les défauts, l'enflure, l'exagération, les mouvements contournés admis-sibles, souvent même admirables, quand ils ont été conçus par un esprit et un artiste d'élite, fatigants, communs et inquiétants quand ils sont traduits par un artiste de second plan. On sait, du reste, quels pitoyables résultats engendra, dans le domaine de la sculpture monumentale, l'imi-tation des compositions michelangesques, et en orfèvrerie je trouve cette imitation encore plus condamnable. A quoi bon tout cet étalage de muscles chez des bonshommes de quelques centimètres à peine ? Malgré tous leurs défauts, je préfère encore les figures de Thétis ou de Neptune; si leurs mouvements sont mal pondérés, si on y retrouve les formes bizarres qui s'étalent en grand dans la *Nymphe de Fontainebleau*, du moins y rencontre-t-on un accent véritablement personnel; l'étude de ce caractère personnel aurait dû suffire à ne pas faire attribuer à Cellini une foule d'œuvres créées par des orfèvres de talent sans doute, mais puisant leur inspiration dans ces recueils de modèles gravés ou dessinés qui circulaient dans tous les ateliers du xvɪᵉ siècle, et n'ont pas peu con-tribué à donner à tous les arts mineurs un caractère international. L'em-ploi du modèle, dessiné ou gravé, banal, c'est l'abandon pour l'artiste de toute originalité quant au type représenté; son esprit, sa nationalité ne pourront plus s'affirmer que dans l'habileté technique, que dans le plus ou moins de goût qu'il déploiera dans l'agencement de motifs dont la conception première ne lui appartient pas. C'est là une vérité qui, je crois, est absolument reconnue par tous ceux qui se sont tant soit peu occupés de l'histoire des arts mineurs; mais encore doit-on ne point se lasser de la répéter, car il ne manque pas de gens qui considèrent les émaux, les faïences, les bijoux, les pièces d'orfèvrerie de la Renaissance comme des œuvres originales. Parmi ces objets d'art, quelques-uns possèdent ces qualités qui n'en augmentent pas peu la saveur et le prix, mais c'est le petit nombre; les autres — ils sont légion — ne sont que des travaux de seconde main, exécutés avec art, par des artisans, d'après des modèles créés par des artistes.

François Ier était un peu comme les enfants pour qui toute nouveauté est intéressante, mais qui se dégoûtent vite et passent à un autre jeu. Le roi avait été émerveillé du talent de Benvenuto, séduit aussi par son caractère entreprenant et fantasque, car ainsi qu'en témoignent les *Mémoires*, en venant en France, le Florentin n'avait pas dépouillé le vieil homme. Ce qu'il avait fait à Rome et à Florence, il l'entendait faire de même à Paris et il le faisait. De telles allures n'étaient pas pour déplaire à un prince tel que François, mais à la condition qu'au moment où il apprenait les frasques de son orfèvre, il fût disposé à en rire. Or, tout autour de lui, il ne manquait pas de gens envieux ou pour le moins haineux, en tout cas intéressés à desservir le Florentin : la duchesse

MÉDAILLE DU ROI FRANÇOIS Ier,
par Benvenuto Cellini.

d'Étampes se chargeait pour l'ordinaire de ce soin et l'influence du cardinal de Ferrare ne parvenait pas toujours à effacer des égratignures qui à la longue minaient le crédit de Cellini; si l'on y ajoute que la politique n'allait pas toujours au gré de la cour de France, ce qui rendait le roi un peu nerveux, et il y avait vraiment de quoi, on s'expliquera comment François Ier reçut assez mal notre artiste quant il l'alla trouver à Argentan vers la fin du mois de juin de l'année 1545. En apparence il y allait pour lui montrer deux vases en argent, en réalité pour lui demander un congé et retourner quelque temps en Italie; il espérait ainsi se faire désirer et aussi se faire solder un petit arriéré que les trésoriers avaient négligé de lui payer. Le roi feignit de ne point comprendre, flaira de nouvelles exigences et lui rendit ses vases en le priant de retourner à Paris pour les dorer. C'était sans réplique et Cellini s'en alla, tout marri, conter son aventure au cardinal de Ferrare qui fit en sorte de le consoler, lui promit de demander au roi un congé et l'engagea même à partir de suite. Le Florentin ne s'attendait probablement pas à cette issue, mais ne voulut point laisser paraître son dépit. De retour à Paris, il fit ses paquets et chargeant ses deux élèves Ascanio de' Mari et Paolo Romano de continuer les travaux commencés, il prit la route de Lyon. Il y séjourna quelques jours au milieu de la colonie italienne, puis passa en Italie; alla successivement à Parme et à Plaisance, qu'il quitta au plus tôt parce qu'il jugea que la présence de son ancien ennemi, en apparence réconcilié, Pier Luigi Farnèse, ne rendait pas le séjour de cette ville très sain pour lui. Vers la fin du mois de juillet 1545, il était de retour à Florence et entrait tout de suite au service du duc Cosme de Médicis.

Quel que fût son plaisir de revoir sa patrie, Cellini rapportait de France un grand regret qui le poursuivit toute sa vie; nul doute qu'il ne fît grand cas de l'opinion de ses compatriotes, mais tomber du service du roi de France pour entrer à celui d'un duc de Toscane, le coup était un peu dur. Aussi bien n'eut-il jamais à se louer particulièrement de Cosme qui l'encouragea beaucoup, c'est vrai, lui fit des promesses magnifiques, mais sous le rapport des paiements se montra toujours d'une lésinerie tout à fait digne de ses illustres ancêtres. Nul doute que si François Ier n'était mort aussi promptement (mars 1547), Cellini ne fût revenu terminer ses jours au Petit-Nesle, au milieu de cette cour où, à défaut d'un goût artistique très raffiné, on trouvait au moins des gens voyant les choses de haut et avec une certaine grandeur interdite aux principicules italiens.

CHAPITRE V

Auprès de la cour de France, excessivement dorée, au moins à la surface, la cour du duc de Toscane pouvait passer pour une assez coquette réunion de gueux fort disposés à couper un liard en quatre quand ils consentaient à le faire sortir de leur bourse. Quelques-uns des tours que Cosme joua, aidé par ses trésoriers, au pauvre Cellini, seraient peut-être un peu sévèrement jugés aujourd'hui et pourraient passer pour friser l'escroquerie. En fourrant le nez dans ces comptes, en lisant les suppliques des artistes qui réclament constamment leur dû sans jamais l'obtenir, on comprend comment, avec des ressources limitées, les princes italiens de la Renaissance ont pu concevoir et exécuter de grandes choses : temporiser, faire de nouvelles commandes, payer le moins possible, tel était le secret de cette administration paternelle ; de délais en délais on finissait bien par arriver à un terme fatal qui coupait court aux réclamations ; et voilà comment Cellini, qui a beaucoup travaillé pour Cosme, est mort dans un état voisin de la misère, alors qu'il eût dû se trouver à la tête d'une fortune assez rondelette. Le procédé n'était pas du reste particulier aux Médicis : si Cosme ne paya jamais que par acomptes le groupe de *Persée*, et après une estimation ridicule, son compatriote le banquier Bindo Altoviti fit encore mieux ; il se fit faire son buste gratis et fut censé placer dans sa banque, qui fit bientôt faillite, pour le faire fructifier, le prix réclamé par l'artiste. Après de semblables procédés, rien d'étonnant que Cellini ait été légèrement grincheux dans la dernière partie de sa vie.

Ces procédés mesquins, ces roueries de petits commerçants, on ne les voit pas paraître seulement au moment du quart d'heure de Rabelais.

Cosme qui veut passer pour grand protecteur des artistes, qui veut
paraître, tout comme le baron de Feneste, fait aussitôt présent à Cellini
d'une maison pour y établir ses ateliers d'orfèvre et de sculpteur. Voilà

BUSTE DE BINDO ALTOVITI,
par Benvenuto Cellini.

notre artiste tout content d'avoir retrouvé en plein Florence, dans la
via del Rosaio, dans le quartier de Santa Croce, un nouveau Petit-
Nesle. Mais il a compté sans le fisc; or, le fisc et le duc font deux:
quand l'un dit oui, l'autre dit non, mais le premier empoche grâce au

BUSTE COLOSSAL EN BRONZE DE COSME Ier DE MÉDICIS,

par Benvenuto Cellini.

Réduction d'une eau-forte de Nicolas Martinez. — (Musée National de Florence.)

second, ce qui est le principal. Et ce ne fut qu'après mille ennuis, mille réclamations sans compter les saisies, après trois donations successives — la dernière date de 1566 — que Cellini fut définitivement mis en possession régulière de son atelier. Il faut lire dans l'excellent ouvrage de M. Eugène Plon les pièces établissant jour par jour les vexations sans nombre auxquelles les affreux gratte-papier du fisc soumettaient l'artiste.

Décidément, en vieillissant, Cellini s'était calmé. Quinze ans plus tôt, il eût envoyé tout promener et eût répondu à coups d'arquebuse à tous ces êtres malpropres; nul doute non plus qu'il eût réglé avec son rival Baccio Bandinelli, qu'il retrouva trônant et pontifiant à Florence, des comptes que ce personnage semblait prendre plaisir à embrouiller. L'accusation publique portée par Baccio contre Benvenuto, en présence du duc, à propos d'une sortie un peu vive de celui-ci au sujet de son pitoyable groupe d'*Hercule et Cacus*, n'était pas à proprement parler de celles dont un Florentin du xvie siècle pût se fâcher. Sous ce rapport la réputation des Florentins était absolument faite; et encore au xviie siècle on les considérait, au point de vue des mœurs, comme d'un atticisme outré. Quoi qu'il en soit, Cellini, supporta l'injure, menaça, engagea Baccio à faire son testament, mais ne fit rien contre lui, ce qui est un indice certain qu'avec les années son caractère s'était calmé.

Tout en continuant à exécuter ou à faire exécuter sous sa direction des œuvres d'orfèvrerie, la dernière partie de la carrière de Cellini a été surtout employée à la sculpture : bustes, groupes, figures isolées, bas-reliefs en bronze ou en marbre. De ces figures beaucoup sont décrites par l'artiste lui-même, un certain nombre ont été exécutées et existent pour la plupart aujourd'hui, d'autres enfin sont restées à l'état d'ébauches; elles se trouvaient dans l'atelier lors de la mort de l'artiste, mais on en a perdu la trace. Beaucoup de ces œuvres fragiles en cire ou en terre cuite ont dû disparaître; néanmoins il n'est pas impossible qu'on en retrouve plus tard quelques-unes. Mais pour le moment, on n'a à s'occuper que des œuvres qui sont authentiquement connues.

Dès 1545, Cellini entreprend deux travaux très différents comme importance : un portrait du duc, en bronze — il en commença également un en marbre mais il ne fut jamais achevé, — et un groupe du *Persée vainqueur de Méduse*, destiné à la Loggia de' Lanzi, où il est encore placé aujourd'hui.

L'exécution du buste de Cosme dura trois ans, tandis que le *Persée*

Groupe en bronze de Benvenuto Cellini. (Place du Ponte-Vieux, à Florence.)

PERSÉE,
par Benvenuto Cellini.
Petit bronze conservé au Musée National du Bargello, à Florence.

ne fut mis en place qu'en 1554 ; mais pendant ce temps Cellini mit la
main à d'autres travaux importants que nous mentionnerons tout à
l'heure ; d'ailleurs un monument semblable demandait de longues études,
beaucoup de dépenses — dont l'artiste n'était pas toujours couvert — et
présentait aussi de telles difficultés pour la fonte qu'il importait en
pareille occurrence de ne rien hasarder.

Le buste de Cosme fut placé en 1557 au-dessus de la porte d'entrée
de la citadelle de Porto-Ferrajo, dans l'île d'Elbe ; il ne revint à Florence
qu'en 1781 ; il se trouve aujourd'hui au Musée du Bargello. C'est un beau
portrait, ainsi qu'on peut s'en assurer par la reproduction ci-jointe,
mais le bronze y est trop traité comme une œuvre d'orfèvrerie ; les yeux
polychromes, les rehauts de dorure destinés à compléter l'ornementation
de la cuirasse à l'antique, en font une œuvre au premier abord inquié-
tante, d'une sécheresse extraordinaire et de plus l'artiste a voulu donner
à son modèle un aspect héroïque — bien plus conforme au caractère de
Cellini qu'à l'homme dominé par Bianca Capello. Il est vrai qu'à ce
moment il n'était pas encore question de la fameuse Vénitienne dont on
ne s'expliquerait pas, au point de vue physique du moins, l'influence, —
si ses portraits sont exacts — si elle ne répondait exactement à un idéal
particulier du xvie siècle, et nullement héroïque celui-là, qui paraît avoir
touché très vivement le cœur des Français aussi bien que des Italiens de
la Renaissance. Comparez Bianca Capello à Marie Touchet, c'est exactement la même chose, comme forme, l'intelligence en moins ; Elisabeth
d'Autriche, la femme de Charles IX, d'après le tableau de Clouet,
répondait assez exactement aussi à ce type. Mais ne nous laissons pas
entraîner sur cette pente qui nous pourrait conduire fort loin, ou tout au
moins fort loin de notre sujet. Pour en revenir au portrait de Cosme,
il est évident qu'un second portrait du même personnage, exécuté
par Cellini également, en cire colorée, qu'a fait connaître M. Plon
(collection de M. le commandeur Luigi-Vaï) doit être beaucoup plus
près de la vérité. Ce portrait offert à Bianca Capello doit dater de 1568
environ. On y observe le type des Médicis bien plus accentué et surtout,
déjà en germe, cette bizarre conformation du crâne si caractéristique,
et on peut le dire si malheureuse, chez les grands-ducs de Toscane.

En traitant son buste de cette façon, Cellini était du reste dans les
traditions des artistes de la Renaissance ; pour eux le bronze une fois
fondu n'était qu'une matière analogue au marbre ou à la pierre qu'il con-

PERSÉE DÉLIVRANT ANDROMÈDE.

Bas-relief de Rome avec Cellini, découvert à base du Persée. — (Bague d'Annibal, à Florence.)

MAQUETTE EN CIRE POUR LE GROUPE DE « PERSÉE ».

(Musée National de Florence.)

venait de sculpter et de ciseler à fond comme une pièce d'orfèvrerie;
l'idée de la « cire perdue » reproduisant d'une façon exacte le modèle en
cire, ne leur était point venue; sans doute leur œuvre pouvait y perdre
en accent personnel, car ce travail de retouche n'était souvent pas fait par
l'artiste qui avait créé le modèle, mais le bronze, en tant que matière,
y gagnait beaucoup; grâce à ce travail de « nettoyage », de polissage, de
retouche, il pouvait prendre plus facilement ces belles patines, ces aspects
de pierre dure qui nous charment tant dans les bronzes de la Renaissance. Orfèvre, Cellini ne faillit pas aux traditions des ateliers d'orfèvre
dont il était sorti et son buste de Cosme est traité comme s'il l'avait exécuté en or et en argent. Ce n'est point à dire que ce ne soit pas une belle
œuvre; parmi tous les travaux sortis des mains de notre artiste, c'est
peut-être un de ceux dans lesquels il y a le moins à reprendre; abstraction
faite de l'attitude héroïque qui ne convenait pas au personnage — cela
ne touche que le portrait — c'est une œuvre saisissante et d'un grand
caractère que n'eussent point désavouée ses devanciers ou même le
plus illustre de ses contemporains.

L'exécution du groupe du *Persée* nécessita chez Cellini des études
plus longues : étude du sujet, étude de la manière de l'exécuter. Ici nous
pouvons voir plus facilement Cellini à l'œuvre, car la maquette primitive
nous a été conservée. De l'aveu de tout le monde cette maquette est
supérieure à l'exécution définitive. Le personnage principal du groupe, le
Persée, est plus élégant que cet homme aux formes trapues, aux muscles
trop accentués qui, lui aussi, comme le groupe d'*Hercule et Cacus*, de
Baccio Bandinelli, peut être accusé de ressembler à un sac de noix. Fondu
en deux morceaux, ce groupe fut une des œuvres qui causa le plus de
tracas à Cellini; il ne manquait pas de gens qui lui prédisaient un échec,
tant il semblait difficile de fondre une figure comme le Persée d'une seule
pièce. L'artiste y réussit cependant pleinement, mais on peut ajouter
aussi qu'il joua de bonheur dans une opération dont l'issue, étant donnés
les moyens dont il disposait, était en effet plus que douteuse. Lui-même
nous a laissé le récit de ses tribulations et son récit est trop intéressant
pour qu'on en prive le lecteur.

« En les attendant, dit-il, je couvrais mon *Persée* avec des terres que
j'avais préparées plusieurs mois à l'avance, avant qu'elles fussent conve-
nablement à point. Dès que j'eus achevé ma chape de terre (chape est le
terme technique), que je l'eus soigneusement garnie d'une bonne arma-

JUPITER.

Une des figures qui ornent le piédestal du « Persée » de Benvenuto Cellini.

ture de fer, je commençai, à l'aide d'un petit feu, à la dépouiller de la cire qui sortait par une foule d'évents ; car plus il y en a, mieux s'emplit le moule. Après avoir extrait la cire, je construisis autour de mon Persée, c'est-à-dire autour du moule, un fourneau à capsule, en briques disposées les unes sur les autres de manière à laisser entre elles une foule d'espaces vides, propres à faciliter la circulation du feu ; puis, durant deux jours et deux nuits, je le chauffai continuellement jusqu'à ce que toute la cire fût sortie et le moule parfaitement cuit. Alors je commençai à creuser une fosse pour y enterrer mon moule, suivant les règles de l'art. Quand ma fosse fut prête, je pris mon moule, et, à l'aide de cabestans et de solides cordages, je le redressai avec soin et le suspendis à une brasse au-dessus du plan de mon fourneau, en le dirigeant de façon qu'il gravitât précisément vers le centre de la fosse. Je le fis alors descendre tout doucement au fond du fourneau, où on le déposa avec toutes les précautions imaginables. Dès que j'eus accompli ce beau travail, je le rechaussai avec la terre que j'avais enlevée de la fosse, et, à mesure qu'elle s'amoncelait, j'y plaçais, en guise d'évents, de ces petits tuyaux de terre cuite dont on se sert pour les éviers et autres choses de même nature. Lorsque je vis que j'avais bien consolidé le moule, que ce mode de le chausser, en y mettant ces tuyaux bien à leur place, était excellent, et que je pouvais me fier à mes ouvriers qui comprenaient parfaitement ma méthode, si différente de celle des autres maîtres, je tournai mes pensées vers mon fourneau. Je l'avais fait emplir d'un nombre considérable de lingots de cuivre et de bronze, amoncelés les uns sur les autres, suivant les règles de l'art, c'est-à-dire en ayant soin de ménager entre eux un passage aux flammes afin que le métal s'échauffât et se liquéfiât plus promptement. Alors, j'ordonnai résolument à mes ouvriers d'allumer le fourneau et d'y jeter des bûches de pin. Grâce à la résine qui découlait de ce bois, et à l'admirable construction de mon fourneau, le feu fonctionnait si vigoureusement que je fus forcé de porter secours tantôt d'un côté, tantôt de l'autre, ce qui me fatiguait à un point intolérable ; cependant je redoublai d'efforts. Pour combler la mesure, le feu prit à l'atelier et nous donna lieu de craindre que le toit ne s'abimât sur nous. En outre, il me venait du côté du jardin un si grand vent et une pluie si furieuse, que mon fourneau se refroidissait. Après avoir lutté pendant quelques heures contre ces déplorables accidents, je me harassai tellement, que, malgré la vigueur de ma constitution, je ne pus y résister. Une fièvre éphémère, la

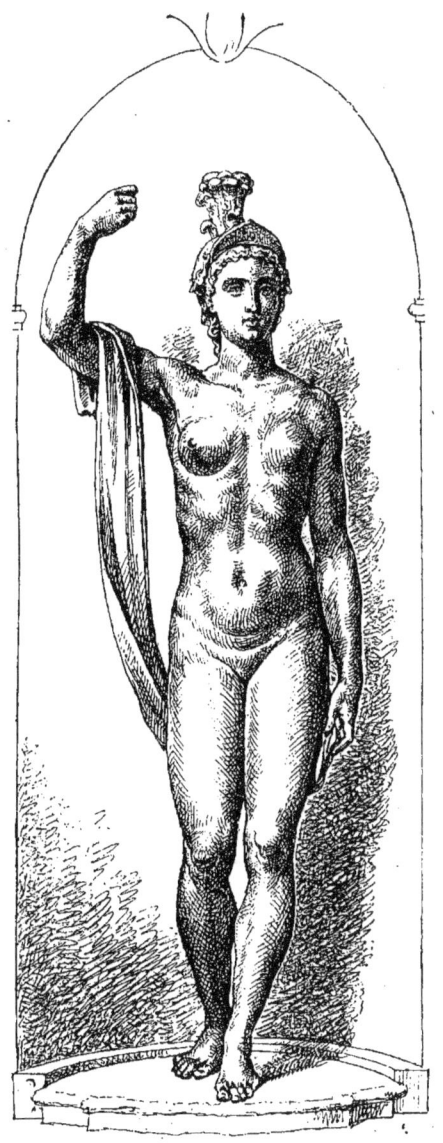

MINERVE.

Une des figures qui ornent le piédestal du « Persée » de Benvenuto Cellini.

plus violente que j'aie jamais ressentie, s'empara de moi. Je fus donc
forcé d'aller me jeter sur mon lit. Au moment où je fus contraint de
prendre ce parti désolant, je me tournai vers mes auxiliaires qui étaient
au nombre de plus de dix, en comptant les maitres fondeurs, les manœuvres et les ouvriers attachés à ma boutique, je me recommandai à eux
tous; puis je m'adressai à un certain Bernardino Mannellini de Mugello,
qui depuis plusieurs années était chez moi, et je lui dis : « Mon cher
« Bernardino, suis ponctuellement le plan que je t'ai expliqué, et va aussi
« vite que possible, car le métal sera bientôt à point. Tu ne peux te
« tromper, ces braves gens feront promptement les canaux. Avec ces
« deux pierriers, vous frapperez les tampons du fourneau, et je suis cer-
« tain que mon moule s'emplira très bien. Quant à moi, je me trouve
« plus malade que je ne l'ai jamais été depuis le jour où je suis né, et, en
« vérité, je crois qu'avant peu d'heures je ne serai plus de ce monde.» —
Là-dessus, je les quittai, le cœur bien triste, et j'allai me coucher.

    « Dès que je fus au lit, j'ordonnai à mes servantes de porter à boire et
à manger à tous ceux qui étaient dans mon atelier, et je leur disais :
« Hélas ! demain matin, je ne serai plus en vie ! » — Elles cherchèrent à
m'encourager en m'assurant que ce grand mal étant venu par trop de
fatigue, il ne tarderait pas à se dissiper. La fièvre alla toujours en aug-
mentant de violence durant deux heures consécutives, pendant lesquelles
je ne cessais de répéter que je me sentais mourir. Ma servante, qui gou-
vernait toute la maison et qui se nommait Mona Fiore da Castel del Rio,
la femme la plus vaillante et la plus dévouée qui ait jamais existé, me
prodiguait les soins les plus empressés et ne cessait de me crier que j'étais
fou de me décourager ainsi. Cependant mes souffrances et mon accable-
ment brisaient son brave cœur, et elle ne pouvait empêcher que ses yeux
ne laissassent tomber des larmes qu'elle essayait de me cacher. Tandis
que j'étais en proie à ces affreuses tribulations, je vis entrer dans ma
chambre un homme tordu comme un S majuscule, qui se mit à me dire
d'une voix aussi piteuse et aussi lamentable que celle des gens qui annon-
cent aux condamnés leur dernière heure : « Hélas! Benvenuto, votre tra-
« vail est perdu et il n'y a plus de remède au monde!» — Aux paroles de
ce malheureux, je poussai un si terrible cri, qu'on l'aurait entendu du
septième ciel. Je me jetai à bas du lit, je pris mes habits et commençai à
me vêtir en distribuant une grêle de coups de poing à mes servantes, à
mes garçons et à tous ceux qui venaient pour m'aider. — « Ah ! traîtres !

MERCURE.

Une des figures qui ornent le piédestal du « Persée » de Benvenuto Cellini.

« ah ! envieux ! leur criais-je en me lamentant : c'est une trahison prémé-
« ditée ; mais je jure Dieu que je saurai à quoi m'en tenir et, qu'avant de
« mourir, je prouverai qui je suis, et de telle façon que plus d'un en sera
« épouvanté. » — Lorsque j'eus achevé de m'habiller, je me rendis, l'esprit
bouleversé, dans mon atelier où je trouvai stupéfaits et comme abrutis
tous ces gens que j'avais laissés si joyeux et si pleins de courage. — « Or
« ça, leur criai-je, écoutez-moi, et puisque vous n'avez pas su ou voulu
« suivre les instructions que je vous avais données, obéissez-moi mainte-
« nant que me voilà pour présider à mon œuvre. Que pas un ne raisonne,
« car, dans de telles circonstances, il faut des bras et non des conseils. » —
Un certain maestro Alessandro Lastricati me répondit : « Voyez, Benve-
« nuto, vous voulez aborder une entreprise contre toutes les règles de l'art
« et dont la réussite est impossible. » — A ces mots, je me retournai vers
lui avec tant de fureur et avec un air qui indiquait si bien que j'étais
résolu à faire un mauvais coup, qu'Alessandro et tous les autres
s'écrièrent à la fois : « Là ! là ! commandez, nous obéirons à tous vos
« ordres tant qu'il nous restera un souffle de vie. » — Je crois qu'ils me
dirent ces bonnes paroles parce qu'ils pensaient que j'allais bientôt
tomber mort. Je courus sur-le-champ à mon fourneau, et je vis que le
métal s'était tout coagulé, et, pour me servir d'un terme de fonderie,
avait formé un gâteau. J'envoyai deux manœuvres chercher en face, dans
la maison du boucher Capretta, une pile de bois de jeunes chênes qui
étaient sciés depuis plus d'un an et que Madona Ginevra, femme dudit
Capretta, m'avait offerts. Aussitôt que les premières brassées m'eurent
été apportées, j'en remplis la fournaise. Comme le chêne produit un feu
plus violent que toute autre espèce de bois (on emploie le peuplier et le
pin pour couler l'artillerie qui réclame une chaleur plus douce), il arriva
que mon gâteau commença à se liquéfier et à étinceler dès qu'il eut commencé à sentir ce feu infernal. En même temps je fis ouvrir les canaux et
j'envoyai sur le toit quelques-uns de mes gens pour éteindre le feu que
les flammes du fourneau y avaient allumé de plus belle. Du côté du jardin, j'avais fait placer des planches et tendre des tapis et des toiles qui me
garantissaient de la pluie. J'eus bientôt remédié à tous ces accidents. De
ma plus grosse voix, je criais à mes hommes : « Apportez-moi ceci, ôtez-
« moi cela » ; — et toute cette brigade, voyant que le gâteau commençait
à se liquéfier, m'obéissait de si bon cœur, que chaque ouvrier faisait la
besogne de trois. Alors, je fis prendre un demi-pain d'étain qui pesait

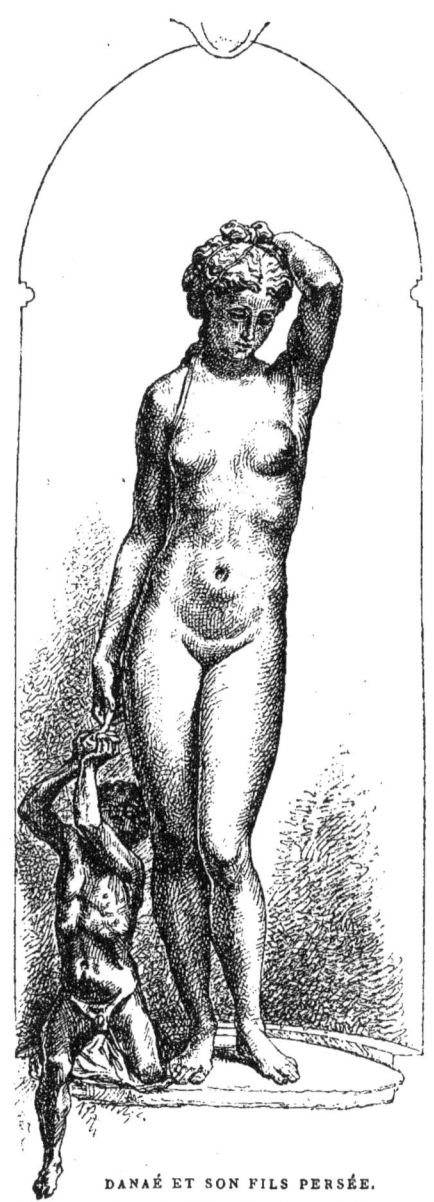

DANAÉ ET SON FILS PERSÉE.

Une des figures qui ornent le piédestal du « Persée » de Benvenuto Cellini.

environ soixante livres, et je le jetai dans le fourneau sur le gâteau, qui, grâce au chêne qui le chauffait en dessous et aux leviers avec lesquels nous l'attaquions en dessus, ne tarda pas à devenir liquide. Quand je vis que, contre l'attente de tous ces ignorants, j'avais ressuscité un mort, je repris tant de force, qu'il me semblait n'avoir plus ni fièvre ni crainte de la mort. Tout à coup une détonation frappa nos oreilles, et une flamme semblable à un éclair brilla à nos yeux. Une indicible frayeur s'empara de chacun et de moi plus que des autres. Dès que ce fracas fut passé et cette clarté éteinte, nous nous regardâmes les uns les autres. Bientôt nous nous aperçûmes que le couvercle de la fournaise avait éclaté et que le bronze débordait. J'ordonnai d'ouvrir de suite la bouche de mon moule et en même temps de frapper sur les deux tampons. Ayant remarqué que le métal ne courait pas avec la rapidité qui lui est habituelle, je pensai qu'il fallait peut-être attribuer sa lenteur à ce que la violence du feu auquel je l'avais soumis avait consumé l'alliage. Je fis alors prendre tous mes plats, mes écuelles et mes assiettes d'étain qui étaient au nombre d'environ deux cents; j'en mis une partie dans mes canaux et je jetai l'autre dans le fourneau. Mes ouvriers, voyant que le bronze était devenu parfaitement liquide et que le moule s'emplissait, m'aidaient et m'obéissaient avec autant de joie que de courage. Tout en leur commandant tantôt une chose, tantôt une autre, je disais : « Béni « sois-tu, ô mon Dieu! qui par ta toute-puissance ressuscitas entre les « morts et montas glorieusement au ciel! » — A l'instant mon moule s'emplit. Je tombai à genoux et je remerciai le Seigneur de toute mon âme. Puis, ayant aperçu un plat de salade qui était là sur un mauvais petit banc, j'en mangeai de grand appétit et je bus avec tous mes hommes. Ensuite, comme il était deux heures avant le jour, j'allai, joyeux et bien mieux portant, me fourrer dans mon lit, où je me reposai aussi tranquillement que si je n'eusse jamais été le moins du monde indisposé. Pendant ce temps, ma bonne servante, sans que je lui eusse rien dit, m'avait préparé un petit chapon bien gras, de sorte que, quand je me levai vers l'heure du dîner, elle accourut gaiement près de moi, en me disant : « Est-ce « donc là cet homme qui se sentait mourir ? En vérité, je crois que ces « coups de poing et ces coups de pied que, dans votre fureur diabolique, « vous nous avez administrés la nuit passée, auront épouvanté la fièvre, qui « se sera enfuie de peur d'en recevoir autant. » — Tous mes braves gens, qui étaient remis de leur frayeur et de leurs fatigues, coururent alors acheter,

BRONZE DE BENVENUTO CELLINI.

(Musée National de Florence.)

en remplacement de ma vaisselle d'étain, des plats et des assiettes de terre dans lesquels nous dînâmes joyeusement. Je ne me souviens pas d'avoir de ma vie mangé avec plus d'appétit et de gaieté. »

Avant de fondre le *Persée*, Cellini avait voulu essayer les terres qui

PROFIL DU SOCLE DU « PERSÉE ».

lui serviraient à exécuter son groupe et c'est grâce à ces essais que nous possédons un très bon bas-relief qui se trouve maintenant au Musée du Bargello. Le lévrier qui est y représenté n'était pas pour notre artiste chose nouvelle ; en son bas-relief destiné à la Porte Dorée de Fontainebleau, il avait dû étudier l'anatomie des animaux et nous avons dans cette œuvre, de modestes proportions, comme un résumé de ses études ; l'œuvre est

FAC-SIMILÉ D'UN AUTOGRAPHE DE BENVENUTO CELLINI.

(Collection du British Museum)

GANYMÈDE.

Marbre grec restauré par Benvenuto Cellini. — (Musée National de Florence.)

ITALIE. — SCULPTEURS.　　　　　BENVENUTO CELLINI. — 6

excellente de tous points, et le lévrier qu'il a modelé peut passer pour un petit chef-d'œuvre. Benvenuto est donc en quelque sorte l'un des ancêtres des animaliers de nos jours.

Tout le monde connaît le groupe de *Persée* qui, malgré ses défauts, grâce à son aspect dramatique, est resté une des sculptures les plus populaires de la Renaissance italienne. Je n'ai pas la prétention d'en faire ici une longue étude ni d'en faire ressortir les qualités indéniables ni d'en accentuer les défauts. Bien d'autres, et des plus compétents, avant moi ont analysé une œuvre dont Cellini eut lieu d'être fier, qui fut en quelque sorte son testament artistique mais qui ne laisse pas que de présenter de grosses imperfections. Le socle trop étroit et trop chargé d'ornements, le corps de Méduse ramassé dans une position anormale pour le réduire aux proportions du maigre rectangle du socle, Persée avec son corps d'Hercule tout boursouflé de muscles et qui n'a rien du caractère juvénile qu'on s'attendrait à y trouver, tout cela ne manque point de défauts. L'attitude peu émue du personnage principal du drame qui vient de se dérouler dénote un artiste plus habitué à ciseler de minces figures d'orfèvrerie, dans lesquelles l'attitude et le sentiment n'ont qu'une moins grande importance, qu'un sculpteur de race. Partout du reste on retrouve l'orfèvre : aussi bien dans la construction du socle que dans l'arrangement du casque bizarre qui coiffe Persée. La maquette de cire, à tout prendre, était meilleure, plus élégante d'abord au point de vue de la forme, plus émue aussi. Mais dans l'une comme dans l'autre de ces figures on sent trop l'influence de Michel-Ange, maître bien dangereux à imiter et dont le style a été fatal à presque tous ses imitateurs. Pour contournés et tourmentés qu'ils puissent être, les personnages enfantés par Michel-Ange ont toujours un aspect de grandeur que l'on ne retrouve pas ici où tout est froid, compassé, vide d'idées et trop précieusement exécuté. Les quatre figurines de bronze placées dans les niches du socle, le *Jupiter*, accompagné de la fameuse inscription qui allait si bien avec le caractère du sculpteur : *Tu fili, si quis læserit, ultor ero;* la *Danaé,* le *Mercure,* la *Minerve* sont des œuvres encore plus michelangesques, outrées ou nulles de sentiments et encore moins recommandables. N'était la réputation de Cellini, personne n'aurait songé à tirer ces bronzes de l'oubli si on les eût rencontrés isolés : sa *Danaé* n'est qu'une Vénus exécutée suivant une formule à peine rajeunie, son *Mercure* ne s'envole nullement et fait une assez sotte figure avec un pied et les bras levés ; sa

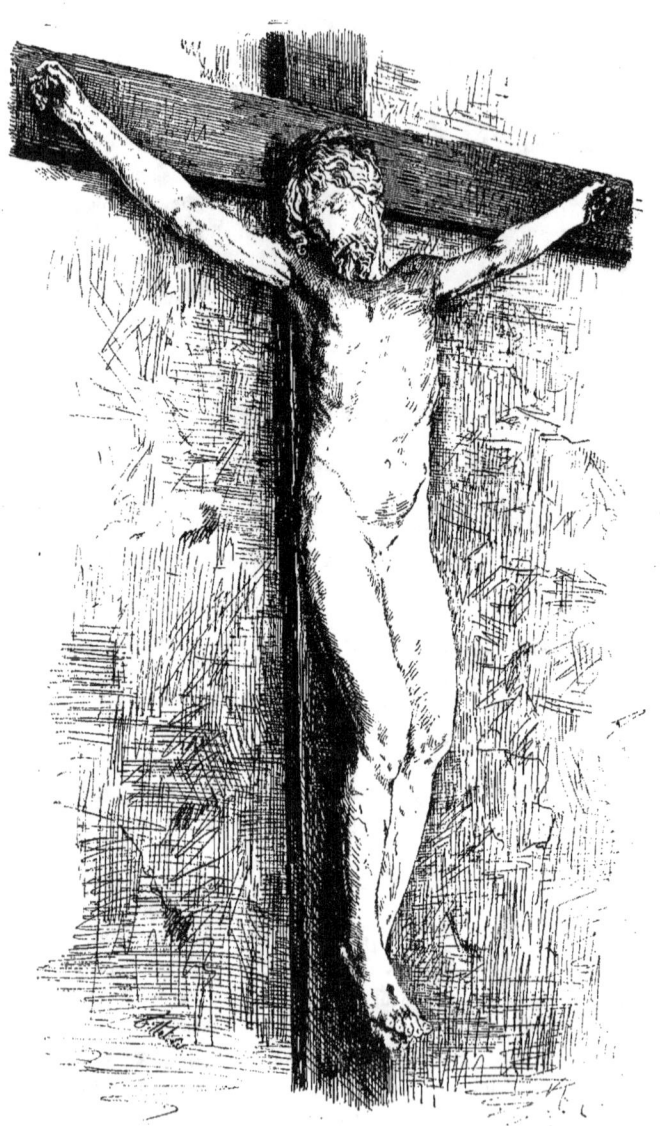

CRUCIFIX EN MARBRE,
par Benvenuto Cellini. (Couvent de l'Escorial.)

Minerve, vêtue d'un casque et d'une écharpe, fait triste figure dans sa niche sous cet accoutrement ridicule peu en rapport avec son titre de déesse de la sagesse ; enfin son *Jupiter* est un affreux mannequin très déhanché, peu terrible au demeurant, qui dans une attitude forcée brandit des foudres de carton. Dans tous les quatre, du reste, se trahit par des gestes l'influence déplorable de Michel-Ange, auquel Cellini, comme tous les imitateurs, a emprunté surtout ses défauts : les gestes inutiles et déplacés, les attitudes de modèle, le style conventionnel. Ces mêmes critiques on peut les adresser au bas-relief qui orne la partie antérieure du socle : *la Délivrance d'Andromède* est simplement une scène de théâtre, où la contorsion remplace la véritable émotion ; le spectateur sait fort bien qu'Andromède, qui prend des poses contournées, va tout à l'heure quitter son rocher, et les personnages, assez mal groupés, qui forment quelque chose comme un chœur d'opéra, ne crient et ne gesticulent que pour la forme. Tout là-dedans est d'un convenu pitoyable et l'on y trouve déjà toutes les formules qu'exploitera largement l'école italienne du XVIIe siècle. Ces réserves faites, peut-on refuser à l'ensemble de l'œuvre une certaine grandeur ? Peut-on nier que le *Persée* forme une agréable silhouette sous la *loggia de' lanzi* ? Non assurément ; et si je suis aussi dur pour l'œuvre capitale de Benvenuto, trop dur peut-être trouvera-t-on, c'est qu'elle a une telle réputation qu'on a trop souvent l'air de la considérer comme un morceau unique dans l'histoire de la sculpture italienne. C'est un produit soigné de l'école de Michel-Ange et rien de plus. Quant à l'exécution matérielle, elle est au-dessus de tout éloge : l'artisan y surpasse l'artiste et c'est beaucoup quand on songe aux horreurs dont Bandinelli ou l'Ammanati ont doté Florence. Mais que ce mérite est mince quand on pense aux chefs-d'œuvre de la Renaissance florentine du XVe siècle, aux œuvres de Michel-Ange, aux œuvres qu'à la même époque engendrait en France un sculpteur comme Germain Pilon !

Le *Persée* eut, lors de sa mise en place, l'approbation générale, ce qui n'a pas lieu d'étonner quand on voit, à Florence, combien d'œuvres plus que médiocres trouvèrent, vers le même temps, l'accueil le plus flatteur. Cellini l'estima 10,000 écus d'or ; Bandinelli, qui fit large mesure et oublia ses rancunes ou voulut se faire pardonner, 16,000, ce qui assurément pouvait passer pour une somme. Il fut payé 3,500 écus, et cela en termes successifs. Cosme se montra ce qu'il était toujours,

PROJET DE BIJOU.

Fac-similé d'un dessin attribué à Benvenuto Cellini.

(Collection du *British Museum*.)

c'est-à-dire un ladre, ne donnant aux artistes que juste ce qu'il leur fallait pour ne pas crever de faim.

Pendant que Cellini travaillait au *Persée*, différentes œuvres moins importantes l'occupaient aussi : un marbre représentant *Léda* et ses quatre enfants — probablement perdu aujourd'hui ; un groupe d'*Apollon et Hyacinthe*, dont la maquette figure dans son inventaire après décès ; un buste de la duchesse Éléonore, perdu très probablement ; — un *Narcisse* mentionné également dans l'inventaire. La sculpture, on le voit, l'occupait tout entier. Même, à l'exemple des plus grands artistes de la Renaissance, il restaurait des marbres antiques, par exemple le torse restauré de *Ganymède* — assez maladroitement du reste — qui se trouve aujourd'hui au Musée des Offices, à Florence, et dont une répétition en porcelaine dite des Médicis fait partie de la collection André, à Paris. On serait tenté de croire que ce fut un peu par envie contre Bandinelli d'abord, puis contre l'Ammanati qu'il s'adonna surtout à la sculpture à l'exclusion de l'orfèvrerie. Son amour-propre dut être singulièrement froissé quand l'Ammanati exécuta le *Neptune* qui orne encore aujourd'hui la place du Palais-Vieux, commande qui primitivement était destinée à Bandinelli, qui devait y employer un superbe bloc de Carrare. Mais il s'en consola en travaillant à un calice d'or que Cosme envoya au pape, aux modèles des chaires de Santa-Reparata ou à l'entourage du chœur de Santa-Maria del Fiore. Il avait pu s'en consoler par avance en modelant deux œuvres capitales dont il me reste à dire un mot : le buste en bronze de Bindo Altoviti et le *Christ* en marbre blanc et noir qui se trouve maintenant à l'Escorial.

L'une et l'autre de ces sculptures, qui ne sont point parmi les plus célèbres dans l'œuvre du maître, méritent cependant des éloges : le buste du banquier Bindo Altoviti date de 1550 environ. C'est un morceau de grande allure, fort simple, et qui fait penser à certaines effigies modelées par Alessandro Vittoria, portraits auxquels on ne rend pas aujourd'hui, en France du moins, une justice suffisante, mais qui n'en sont pas moins des sculptures de premier ordre.

Cellini nous a si peu habitués à la simplicité qu'on ne saurait trop remarquer une œuvre où se rencontre une qualité si rare chez lui : costume et attitude, physionomie, tout est conçu et traité avec une sobriété et une largeur à laquelle le maître florentin ne nous a pas habitués, et si ce portrait n'était authentiquement et sur des documents

PROJET DE SALIÈRE.

Dessin attribué à Benvenuto Cellini. — (Galerie des Offices, à Florence.)

irréfutables attribué à Benvenuto, on aurait quelque peine à le croire de sa main. Quant au crucifix de l'Escorial, dont l'origine a été contestée, je ne sais pourquoi, — il ne reste rien de ces doutes après l'enquête consciencieuse à laquelle s'est livré M. Plon, — c'est peut-être l'un des morceaux les plus intéressants du maître, en tous cas l'un des plus personnels, l'un de ceux où il s'est le plus affranchi de l'influence de Michel-Ange, qui devait lui être si funeste. Traiter un sujet aussi rebattu sans tomber dans ce qui avait déjà été fait ou bien dans le mélodrame, n'est point chose facile. Notre artiste s'est cependant tiré à son honneur de ce pas difficile. La figure du Crucifié n'est point conçue comme l'ont comprise la plupart des sculpteurs : ce n'est ni un Dieu auquel toute souffrance humaine est inconnue, un type conventionnel placé seulement dans une position peu ordinaire pour répondre aux données conventionnelles de l'iconographie sacrée; ni un supplicié offrant des détails d'un réalisme répugnant : c'est un homme qui a beaucoup souffert et auquel la mort vient de rendre le calme dans la physionomie. L'expression de la tête, endormie plutôt que morte, que l'on rencontre sur beaucoup de cadavres dont les traits se détendent et prennent une singulière beauté après la dernière agonie, même quand celle-ci a été longue et douloureuse, dénote que Cellini avait voulu s'affranchir des conventions. C'est une œuvre excellente que Cellini destinait à l'ornement de son propre tombeau, dont il choisit l'emplacement d'abord à l'église de Santa-Maria-Novella, puis à la Nunziata; il considérait qu'en sculptant ce marbre, dans lequel il avait mis toute son âme, il accomplissait un vœu. Ces circonstances ne furent certainement pas sans influer sur le style de son œuvre. Cosme et la duchesse Éléonore ayant vu ce Christ, en firent beaucoup d'éloges et au lieu d'aller décorer la future sépulture de l'artiste, il finit, en 1565, par être porté au palais Pitti. C'était là qu'il était quand Francesco, fils de Cosme, l'offrit en 1576 à Philippe II, qui le fit placer à l'Escorial. On ne comprend pas bien comment on a pu contester pendant longtemps l'attribution de cette œuvre qui, sur la croix de marbre noir qui sert de support à l'image du Christ, porte la signature de l'artiste et la date de 1562. Il est vrai que cette sculpture est d'un caractère si exceptionnel qu'en l'absence de documents et de signature, on n'aurait certainement pas songé à l'attribuer au maître florentin.

Une monographie de Benvenuto Cellini, pour être complète, devrait consacrer un long chapitre aux pièces qui à tort ou à raison ont été

PROJETS DE CASQUES.

Dessin attribué à Benvenuto Cellini. — (Galerie des Offices, à Florence.)

attribuées au maître. Mais, ainsi qu'on l'a dit en commençant, on ne s'est nullement proposé de faire ici un travail complet sur l'artiste ; ce travail existe fort bien fait, plein de recherches et de documents nouveaux ou pour la première fois utilisés : c'est le livre de M. Plon. Notre tâche était plus modeste ; nous n'avons voulu insister que sur les œuvres authentiques et sur la vie du maître pour en dégager s'il se peut le caractère d'une figure dont l'histoire a fait un très grand artiste. L'histoire s'est-elle trompée ? Oui et non. Elle a eu le tort de le considérer comme l'orfèvre par excellence, comme l'homme en qui se pouvait résumer toute une branche de l'art d'une époque ; si Cellini fut orfèvre, il le fut à la façon des artistes du xve siècle, c'est-à-dire qu'il fut beaucoup plus sculpteur qu'orfèvre. Toutes les œuvres importantes qu'il nous a laissées sont des œuvres de sculpture, la salière de Vienne comme les autres. Artiste créateur, capable d'exécuter lui-même ses modèles, il se distingue encore par là de la plupart des orfèvres ses contemporains, imitateurs serviles de motifs créés par des graveurs et dont la dispersion donne à toute l'orfèvrerie du xvie siècle un caractère international. Bien que la carrière de Cellini ne se soit terminée qu'assez avant dans le xvie siècle, c'est encore un artiste à l'ancienne mode ; par ses traditions, ses habitudes, ses allures, il appartient plutôt au xve siècle. Il a si souvent imité Michel-Ange, qu'on pourrait presque le ranger parmi ses élèves et il serait l'un des meilleurs, l'un de ceux qui ont le moins accentué une manière difficile à adopter tout en restant sobre, tout en évitant de verser dans les exagérations d'un style qui ne peut être manié que par un homme de génie. A tout prendre Cellini fut un véritable artiste ; il ne mérite sans doute pas les éloges hyperboliques qu'on lui a décernés autrefois, mais on aurait tort de le précipiter brutalement du piédestal sur lequel on l'a placé. Dépouillé de la légende que lui ont créée des ignorants, il apparaît encore comme un sculpteur de talent et, ce qui ne gâte rien, comme un homme et un caractère. Je sais bien que nous avons quelque peine à admirer ces prouesses qui vont parfois jusqu'à l'assassinat, tant ces mœurs semblent éloignées de nous ; mais il ne convient pas de juger un homme tel que Cellini avec nos idées actuelles. Il faut le remettre par la pensée dans son milieu, dans cette Italie du xvie siècle, où l'on ne pouvait guère vivre tranquille qu'en se faisant craindre ou en se faisant tout petit. Cellini, avec des instincts de combativité très développés, un caractère très personnel et ardent, a préféré la première alternative et on ne saurait l'en blâmer ; il a eu parfois la main un peu lourde, mais dans une société pareille l'indulgence et la mollesse peuvent être trop souvent fatales pour qu'on se risque à être forcé de frapper deux fois.

Les dernières années de la vie de notre artiste ne furent pas des plus gaies et on y sent à plusieurs reprises le découragement en présence des injustices dont il est victime. En 1556, il passe deux mois en prison, on ne sait pourquoi, sans doute pour expier quelque peccadille; en 1558, se sentant déjà abandonné par son protecteur, il a la bizarre idée d'entrer dans les ordres, puis, en 1560, se fait relever de son vœu pour se marier et avoir des enfants légitimes. En réalité, il ne se maria qu'en 1563, avec

CAMÉE ANTIQUE RÉPARÉ EN OR.
Travail attribué à Benvenuto Cellini.
(Galerie des Offices à Florence.)

une nommée Piera, dont il eut trois enfants, deux filles et un garçon, qui vécurent tous trois, tandis que la plupart des bâtards qu'il avait eus de ses maîtresses et principalement de ses servantes, moururent presque toujours en bas âge. Mais s'il est bon de mentionner ce mariage qui indique chez Cellini, vers la fin de sa vie, la crainte de rester isolé, les femmes ne jouèrent jamais un grand rôle dans son existence: ses modèles devenaient généralement ses maîtresses, puis, au bout de quelques années, il les mettait à la porte en les mariant ou les établissant.

Les *Mémoires* abondent en détails de ce genre, qui prouvent surabondamment que Cellini a toujours, en ce cas, agi avec le plus complet égoïsme.

Cellini travailla jusqu'à la fin de sa vie; au mois de décembre 1570, il songeait encore à couler en bronze, pour le duc Cosme, une figure de *Junon* dont il avait terminé le modèle. Le 14 février 1571, il s'éteignit d'une maladie qui le minait depuis longtemps, une pleurésie. Son corps fut porté à la Nunziata.

Un mot maintenant des écrits de Cellini. Ce fut vers 1558 qu'il commença ses *Mémoires*, dont il écrivit d'abord le commencement tout seul,

puis qu'il continua, tantôt en les dictant à un secrétaire, tantôt en écrivant lui-même. Cette rédaction s'interrompit en 1562. Plusieurs copies, plus ou moins correctes, en furent exécutées peu de temps après la mort de Benvenuto, et l'une de ces copies fut publiée en 1728 par Antonio Cocchi. C'est de cette édition fort incorrecte que dérivent les traductions anglaise, allemande et française de la fin du siècle dernier ou du commencement de ce siècle. Enfin, le manuscrit original, retrouvé à Florence avant 1805 et déposé aujourd'hui à la Bibliothèque Laurentienne, permit à Tassi de donner une nouvelle édition, correcte cette fois, de la vie de Cellini, édition sur laquelle fut faite la traduction française publiée par Léopold Leclanché, en 1847. Quant au *Traité de l'orfèvrerie et de la sculpture*, écrit postérieusement aux *Mémoires*, il fut publié du vivant de l'artiste, à Florence, en 1568, mais revu et corrigé au point de vue du style; c'est ce qui a fait que M. Milanesi, en donnant une nouvelle édition de cet ouvrage, en 1857, a cru devoir préférer au texte de l'édition princeps le texte d'un manuscrit non corrigé conservé à la *Biblioteca Marciana*, à Venise, revu par Cellini lui-même. Eugène Piot a donné la traduction du *Traité de l'orfèvrerie* dans le *Cabinet de l'amateur*, en 1843; mais cette traduction est faite d'après l'ancienne édition.

Divers musées, entre autres le Musée des Offices à Florence, le Musée Britannique, le Musée du Louvre, conservent des dessins de pièces d'orfèvrerie, d'armes, de bijoux que l'on attribue à Cellini. A dire vrai, ces attributions me laissent très sceptique, vu que parmi ces dessins, comme l'a très justement remarqué M. Plon, aucun ne se rapporte à des compositions connues de Cellini. Ce n'est pas un argument sans réplique, mais c'est cependant un argument qui a sa valeur. Il est évident que parmi les dessins d'orfèvrerie ou les projets de sculpture, il doit s'en trouver du maître, mais il est impossible encore aujourd'hui de connaître le style du maître travaillant avec la plume et avec le crayon. La plupart de ces attributions sont faites absolument au hasard; il serait aussi déraisonnable de les admettre que de considérer comme des œuvres de Cellini une foule de pièces de ferronnerie ou d'armurerie, dont les modèles, bien souvent postérieurs à l'artiste, sont presque tous connus. Cellini n'a jamais forgé d'armures, et les monuments qu'on a tenté de lui attribuer sont quelquefois de fabrication italienne, mais le plus souvent allemande ou française.

RENSEIGNEMENTS BIBLIOGRAPHIQUES

ET

ARTISTIQUES

Il ne nous paraît guère utile de refaire ici une liste des œuvres authentiques de Cellini ou d'indiquer encore une fois les Musées ou les Collections qui les renferment. Cette énumération se trouve dans notre ouvrage et elle est d'autant plus facile à reconstituer que la plupart des travaux de Cellini y sont reproduits par la gravure. Nous n'avons pas non plus l'intention de dresser un état de tous les monuments qui, à tort, ont été attribués au maître florentin; cet état, ceux qui seraient curieux de le reviser le trouveront dans le bel ouvrage de M. Eugène Plon, *Benvenuto Cellini, orfèvre, médailleur, sculpteur*. Paris, 1883, in-4°, auquel il faut ajouter un *Nouvel appendice* publié par le même auteur en 1884.

Quant aux œuvres littéraires de Cellini, on peut se reporter aux éditions suivantes :

La Vita di Benvenuto Cellini, scritta da lui medesimo, restituita esattamente alla lezione originale con osservazioni filologiche e brevi note dichiarative ad uso dei non Toscani per cura di B. Bianchi, Florence, Le Monnier, 1852, in-18.

I trattati dell' oreficeria a della scultura di Benvenuto Cellini novamente messi alle stampe secondo la originale dettatura del codice Marciano per cura di Carlo Milanesi, Florence, Le Monnier, 1857, in-18;

La traduction française la plus courante de la *Vita* est celle de Léopold Leclanché publiée en un volume in-18, sous le titre de : *Mémoires de Benvenuto Cellini, orfèvre et sculpteur florentin, écrits par lui-même*. Quant au *Traité de l'orfèvrerie et de la sculpture*, il est préférable de le consulter en italien; cependant les lecteurs que le texte original rebuterait pourront se reporter à la traduction qui en a été donnée par Eugène Piot en 1843 dans le *Cabinet de l'Amateur et de l'Antiquaire* (2° année).

Tous les documents fort curieux publiés par M Bertolotti dans l'*Archivio storico* en 1875 ont été reproduits ou analysés par M. Eugène Plon, ainsi que les inventaires de la boutique ou de la succession de l'artiste ; j'en dirai autant des documents mis au jour par M. Joseph Arneth au sujet des œuvres de Cellini ou attribuées à Cellini, conservées à Vienne. C'est donc à l'ouvrage de M. Plon qu'il sera plus aisé de recourir.

Quant aux travaux publiés jusqu'ici sur telle ou telle œuvre de Cellini au point de vue esthétique, un seul est véritablement utile à consulter, c'est l'étude insérée par M. Henri Delaborde dans la *Revue des Deux-Mondes* (15 décembre 1857).

TABLE DES GRAVURES

FIN DE LA TABLE DES GRAVURES

TABLE DES MATIÈRES

FIN DE LA TABLE DES MATIÈRES

Paris. — Imprimerie de l'Art, E. Moreau et Cie, 41, rue de la Victoire.

LES ARTISTES CÉLÈBRES

BIOGRAPHIES, NOTICES CRITIQUES ET CATALOGUES

PUBLIÉS SOUS LA DIRECTION DE M. PAUL LEROI

OUVRAGES PUBLIÉS :

Donatello, par M. Eugène MUNTZ, 48 gravures. 5 fr.; relié, 8 fr.; 100 ex. Japon, 15 fr.

Fortuny, par M. Charles YRIARTE, 17 gravures. 2 fr.; relié, 4 fr. 50; 100 ex. Japon, 7 fr.

Bernard Palissy, par M. Philippe BURTY, 20 gravures. 2 fr. 50; relié, 5 fr.; 100 ex. Japon, 7 fr.

Jacques Callot, par M. Marius Vachon, 51 gravures. 3 fr.; relié, 6 fr.; 100 ex. Japon, 9 fr.

Pierre-Paul Prud'hon, par M. Pierre GAUTHIEZ, 34 grav. 2 fr. 50; relié, 5 fr.; 100 ex. Japon, 7 fr.

Rembrandt, par M. Émile Michel, 41 gravures. 5 fr.; relié, 8 fr.; 100 ex. Japon, 15 fr.

François Boucher, par M. André Michel, 44 gravures, 5 fr.; relié, 8 fr.; 100 ex. Japon, 15 fr.

Édelinck, par M. le Vicomte Henri DELABORDE, 34 gr. 3 fr. 50; relié, 6 fr. 50; 100 ex. Japon, 10 fr.

Lecamps, par M. Charles CLÉMENT, 57 gravures. 3 fr. 50; relié, 6 fr. 50; 100 ex. Japon, 10 fr.

Phidias, par M. Maxime COLLIGNON, 45 gravures. 4 fr.; relié, 7 fr. 50; 100 ex. Japon, 12 fr.

Henri-Regnault, par M. Roger MARX, 40 gravures. 4 fr.; relié, 7 fr.; 100 ex. Japon, 12 fr.

Jean Lamour, par M. Charles COURNAULT, 26 gravures. 1 fr. 50; relié, 4 fr.; 100 ex. Japon, 4 fr.

Fra Bartolommeo della Porta et Mariotto Albertinelli, par M. Gustave GRUYER, 21 gravures, 4 fr.; relié, 7 fr.; 100 ex. Japon, 12 fr.

La Tour, par M. CHAMPFLEURY, 15 gravures. 4 fr.; relié, 7 fr.; 100 ex. Japon, 12 fr.

Le Baron Gros, par M. G. DARGENTY, 25 gravures. 3 fr. 50; relié, 6 fr. 50; 100 ex. Japon, 10 fr.

Philbert de L'Orme, par M. Marius VACHON, 34 grav. 2 fr. 50; relié, 5 fr.; 100 ex. Japon, 7 fr.

Joshua Reynolds, par M. Ernest CHESNEAU, 18 gravures. 3 fr.; relié, 8 fr.; 100 ex. Japon, 8 fr.

Ligier Richier, par M. Charles COURNAULT, 22 gravures, 2 fr. 50; relié, 5 fr.; 100 ex. Japon, 7 fr.

Eugène Delacroix, par M. Eugène VÉRON, 40 gravures. 5 fr.; relié, 8 fr.; 100 ex. Japon, 15 fr.

Gérard Terburg, par M. Émile Michel, 34 gravures. 3 fr.; relié, 6 fr.; 100 ex. Japon, 9 fr.

Gavarni, par M. Eugène Forgues, 23 gravures. 3 fr.; relié, 6 fr.; 100 ex. Japon, 9 fr.

Velazquez, par M. Paul LEFORT, 34 gravures. 5 fr. 50; relié, 8 fr. 50; 100 ex. Japon, 15 fr.

Paul Véronèse, par M. Charles YRIARTE, 43 gravures. 3 fr. 50; relié, 6 fr. 50; 100 ex. Japon, 12 fr.

Van der Meer, par M. Henry HAVARD, 9 gravures. 1 fr. 50; relié, 4 fr.; 100 ex. Japon, 4 fr.

François Rude, par M. Alexis BERTRAND, 29 gravures, 4 fr. 50; relié, 7 fr. 50; 100 ex. Japon, 12 fr.

Turner, par M. Philip Gilbert HAMERTON, 20 gravures, 3 fr. 50; relié, 6 fr. 50; 100 ex. Japon, 10 fr.

Barye, par M. Arsène ALEXANDRE, 32 gravures. 4 fr.; relié, 7 fr.; 100 ex. Japon, 12 fr.

Hobbema et les paysagistes de son temps en Hollande, par M. Émile MICHEL, 12 gravures. 2 fr. 50; relié, 5 fr.; 100 ex. Japon, 7 fr.

Jacob Van Ruysdael et les paysagistes de l'École de Harlem, par M. Émile MICHEL, 21 gr. 3 fr. 50; relié, 6 fr. 50; 100 ex. Japon, 10 fr.

Fragonard, par M. Félix NAQUET, 20 gravures. 3 fr.; relié, 6 fr.; 100 ex. Japon, 9 fr.

Madame Vigée-Le Brun, par M. Charles PILLET, 20 gr. 2 fr. 50; rel., 5 fr.; 100 ex. Japon, 7 fr. 50.

Corot, par M. L. Roger MILÈS, 30 gravures. 3 fr. 50; relié, 6 fr. 50; 100 ex. Japon, 10 fr.

Antoine Watteau, par M. G. DARGENTY, 75 gravures. 6 fr.; relié, 9 fr.; 100 ex. Japon, 15 fr.

Abraham Bosse, par M. Antony VALABRÈGUE, 41 gravures. 4 fr.; relié, 7 fr.; 100 ex. Japon, 12 fr.

Les Brueghel, par M. Émile MICHEL, 54 gravures. 4 fr.; relié, 7 fr.; 100 ex. Japon, 12 fr.

Les Audran, par M. Georges DUPLESSIS, 41 gravures. 3 fr. 50; relié, 6 fr. 50; 100 ex. Japon, 10 fr.

Raffet, par M. F. LHOMME, 155 gravures. 8 fr.; relié, 11 fr.; 100 ex. Japon, 20 fr.

Les Clouet, par M. Henri BOUCHOT, 37 gravures. 3 fr.; relié, 6 fr.; 100 ex. Japon, 9 fr.

Les Van de Velde, par M. Émile MICHEL, 73 gravures, 4 fr. 50; relié, 7 fr. 50; 100 ex. Japon, 12 fr.

Charlet, par M. F. LHOMME, 78 gravures, 4 fr.; relié, 7 fr.; 100 ex. Japon, 12 fr.

J. B. Greuze, par M. Ch. NORMAND, 69 gravures. 4 fr. 50; relié, 7 fr. 50; 100 ex. Japon, 12 fr.

Les Hüet, par M. E. GABILLOT, 177 gravures. 10 fr.; relié, 13 fr.; 100 ex. Japon, 25 fr.

Les Boulle, par M. Henry HAVARD, 40 gravures. 4 fr.; relié, 7 fr.; 100 ex. Japon, 12 fr.

Philippe et Jean-Baptiste de Champaigne, par M. A. GAZIER, 55 gravures. 3 fr. 50; relié, 6 fr. 50; 100 ex. Japon, 12 fr.

Les Frères Van Ostade, par Mlle Marguerite Van de WIELE, 65 gr. 3 fr. 50 rel. 6 f. 50; 100 ex. Japon, 12 fr.

Les Moreau, par M. A. MOUREAU, 107 grav. 4 fr. 50; relié, 7 fr. 50; 100 ex. Japon, 12 fr.

Les Cochin, par M. S. ROCHEBLAVE, 142 grav. 7 fr.; relié, 10 fr.; 100 ex. Japon, 20 fr.

Troyon, par M. A. HUSTIN, 43 gravures. 4 fr. relié, 7 fr.; 100 ex. Japon; 12 fr.

Bernard Van Orley, par M. Alphonse WAUTERS, 42 grav. 4 fr.; relié, 7 fr.; 100 ex. Japon, 12 fr.

Mierevelt et son gendre, par M. Henry HAVARD, 40 gr. 4 fr. 50; relié, 7 fr. 50; 100 ex. Japon, 12 fr.

Antonio Canal dit le Canaletto, par Adrien Moureau, 49 grav. 4 f.; rel., 7 f.; 100 ex. Japon, 12 f.

Les Saint-Aubin, par Adrien MOUREAU, 122 grav, 4 fr. 50; relié, 7 fr. 50; 100 ex. Japon, 12 fr.

Benvenuto Cellini, par M. Émile MOLINIER, 27 grav. 3 fr. 50; relié, 6 fr. 50; 100 ex. Japon, 10 fr.

EN PRÉPARATION :

Polyclète — Miron — Scopas — Lysippe, par M. PARIS.

P. J. Heim — Goya, par M. Paul LAFOND

Les Tiepolo, par M. Henry de CHENNEVIÈRES.

Le Corrège, par M. André MICHEL.

Memling — Albert Durer — Les Holbein — Les Cranach par M. Paul LEPRIEUR.

Gustave Courbet, par M. Abel PATOUX.

Les Lenain — Cornelis de Vos, par M. Antony VALABRÈGUE

Lancret — Pater, par M. G. DARGENTY.

Roger Van der Weyden — A. Vander Meulen par M. Alphonse WAUTERS.

Topfer — Daumier — P. P. Rubens, par M. F. LHOMME.

Les Nattier — Chardin — Les Gendres de Boucher: P. A. Baudouin et J. B. Deshays, — Oudry et Desportes — David, par M. Ch. NORMAND.

Jules Dupré — Diaz — Daubigny, par M. A. HUSTIN.

J. F. Millet — Th. Rousseau — Aimé Lemud et l'École de Metz, par M. Émile MICHEL.

Jean Bologne et son École, par M. Émile MOLINIER.

Germain Pilon — Jean Goujon, par M. A. FONT

Le Pinturicchio — Sandro Botticelli, par M. A. PÉRATÉ.

Luca Signorelli — Le Guerchin Raphael, par M. H. MÉREU.

Pigalle — Puget — Lesueur — Le Brun, par M. S. ROCHEBLAVE.

Hubert-Robert, par M. G. GABILLOT.

Les Vernet — Les Mansard — Les Mignard, par M. Albert MAIRE.

Ingres, par M. Jules MONNEJA.

Le Bernin, par M. L. BOSSEBŒUF.

Carpeaux, par M. Paul FOUCART.

Ferdinand Gaillard — Robert Nanteuil, par M. Georges DUPLESSIS.

Debucourt, par M. Henri BOUCHOT.

John Constable, par M. Robert HOBART.

Hogarth — Wilkie, par M. F. RABBE.

Praxitèle, par M. Maxime COLLIGNON.

Gainsborough, par M. Walter ARMSTRONG

Falconnet — Charles Méryon, par M. Maurice TOURNEUX.

Claude Lefèvre, par M. Charles PONSONAILHE.

J. J. Grandville, par M. Félix RIBEYRE.

Les Palamèdes, par M. Henry HAVARD.

Benozzo Gozzoli, par M. Adrien MOUREAU.

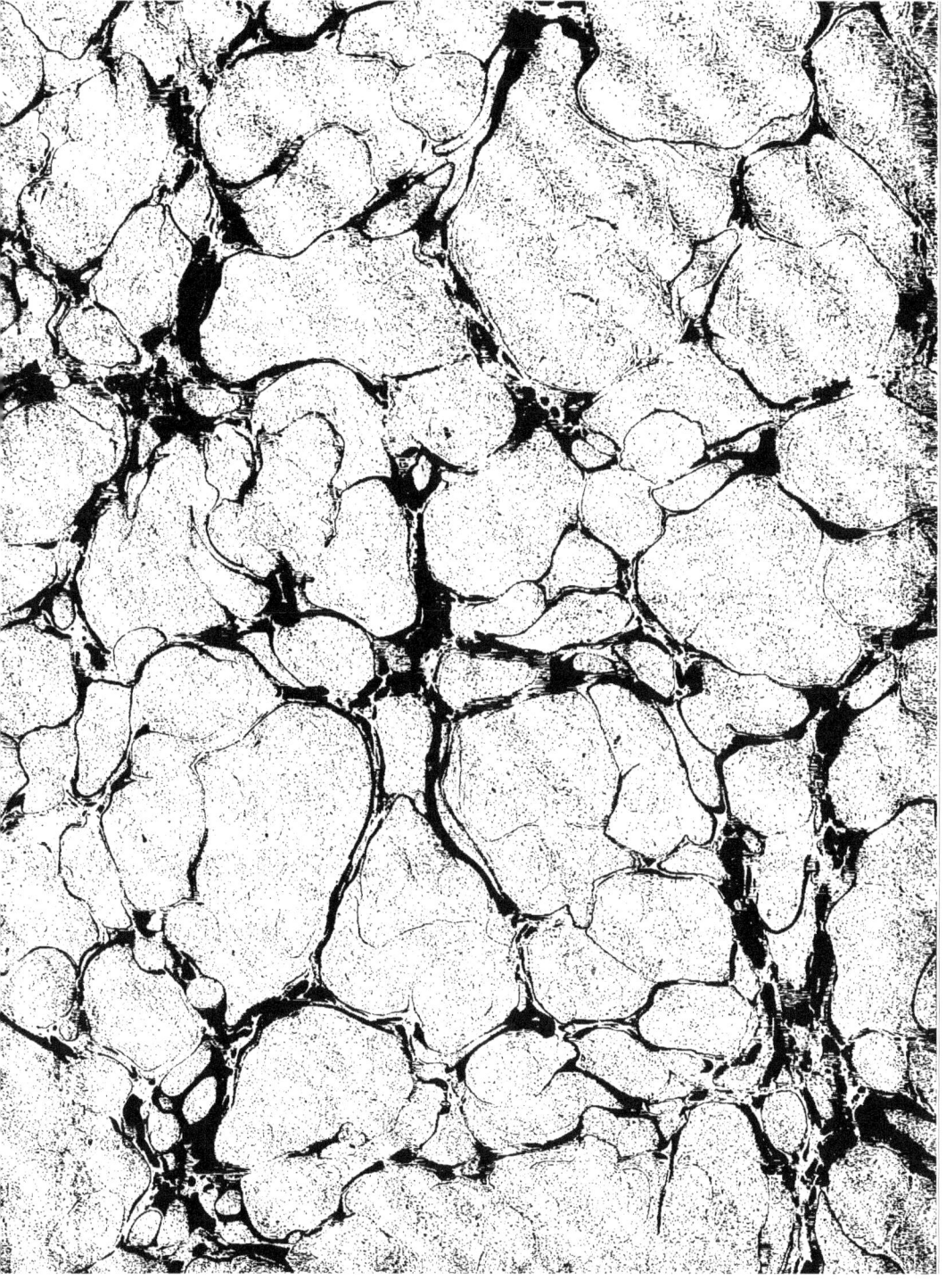

www.ingramcontent.com/pod-product-compliance
Lightning Source LLC
Chambersburg PA
CBHW060823250626
47162CB00005B/1924